朝花夕拾

魯迅 著

魯迅（一八八一年—一九三六年）

原名周樟壽，浙江紹興人。後改名周樹人，字豫才、豫山、豫亭，以筆名魯迅聞名於世。作品包括雜文、小說、評論、散文、翻譯作品。一九一八年發表《狂人日記》為中國現代文學史上第一篇白話小說，奠定新文學運動的基石。一九二一年發表《阿Q正傳》中篇小說，更是中國現代文學史上的不朽傑作。其作品對中國的語言和文學有著深遠的影響。被譽為二十世紀最具影響性的中文作家。

總序一

兒童文學的歷史與記憶

林文寶

大陸海豚出版社所出版之中國兒童文學經典懷舊系列，要在臺灣出版繁體版，這是臺灣兒童文學界的大事。該套書是蔣風先生策劃主編，其實就是上個世紀二、三十年代的作家與作品，絕大部分的作家與作品皆已是陌生的路人。因此，說是經典有失嚴肅；至於懷舊，或許正是這套書當時出版的意義所在。如今在臺灣印行繁體版，其意義又何在？

考查各國兒童文學的源頭，一般來說有三：

一、口傳文學
二、古代典籍
三、啟蒙教材

而臺灣似乎不只這三個源頭，綜觀臺灣近代的歷史，先後歷經荷蘭人佔據三十八年（一六二四—一六六二），西班牙局部佔領十六年（一六二六—

一六四二），明鄭二十二年（一六六一－一六八三），清朝治理二〇〇餘年（一六八三－一八九五），以及日本佔據五十年（一八九五－一九四五）。其間，相當長時間是處於被殖民的地位。因此，除了漢人移民文化外，尚有殖民者文化的滲入；尤其以日治時期的殖民文化影響最為顯著，荷蘭次之，西班牙最少，是以臺灣的文化在一九四五年以前是以漢人與原住民文化為主，殖民文化為輔的文化形態。

一九四五年十月二十五日國民黨接收臺灣後，大陸人來臺，注入文化的熱血液。接著一九四九年十二月七日國民黨政府遷都臺北，更是湧進大量的大陸人口。而後兩岸進入完全隔離的型態，直至一九八七年十一月臺灣戒嚴令廢除，兩岸開始有了交流與互動。一九八九年八月十一至二十三日「大陸兒童文學研究會」成員七人，於合肥、上海與北京進行交流，這是所謂的「破冰之旅」，正式開啟兩岸兒童文學交流歷史的一頁。

其實，兩岸或說同文，但其間隔離至少有百年之久，且由於種種政治因素，目前兩岸又處於零互動的階段。而後「發現臺灣」已然成為主流與事實。

因此，所謂臺灣兒童文學的源頭或資源，除前述各國兒童文學的三個源頭，又有受日本、西方歐美與中國的影響。而所謂三個源頭主要是以漢人文化為主，其實也就是傳統的中國文化。

臺灣兒童文學的起點，無論是一九〇七年（明治四〇年），或是一九一二年（明治四十五年／大正元年），雖然時間在日治時期，但無疑臺灣的兒童文學是屬於華文世界兒童文學的一支，它與中國漢人文化是有血緣近親的關係。因此，了解中國上個世紀新時代繁華盛世的兒童文學，是一種必然尋根之旅。

本套書是以懷舊和研究為先，因此增補了原書出版的年代（含年、月）、出版地以及作者簡介等資料。期待能補足你對華文世界兒童文學的歷史與記憶。

林文寶，現任臺東大學榮譽教授，曾任臺東大學人文學院院長、兒童文學研究所創所所長、亞洲兒童文學學會臺灣會長等。獲得第三屆五四兒童文學教育獎，中國文藝協會文藝獎章（兒童文學獎），信誼特殊貢獻獎等獎肯定。

總序二

原貌重現中國兒童文學作品

蔣風

今年年初的一天，我的年輕朋友梅杰給我打來電話，他代表海豚出版社邀請我為他策劃的一套中國兒童文學經典懷舊系列擔任主編，也許他認為我一輩子與中國兒童文學結緣，且大半輩子從事中國兒童文學教學與研究工作，對這一領域比較熟悉，了解較多，有利於全套書系經典作品的斟酌與取捨。

一開始我也感到有點突然，但畢竟自己從童年開始，就是讀《稻草人》《寄小讀者》《大林和小林》等初版本長大的。後又因教學和研究工作需要，幾乎一而再、再而三與這些兒童文學經典作品為伴，並反復閱讀。很快地，我的懷舊之情油然而生，便欣然允諾。

近幾個月來，我不斷地思考著哪些作品稱得上是中國兒童文學的經典？哪幾種是值得我們懷念的版本？一方面經常與出版社電話商討，一方面又翻找自己珍藏的舊書。同時還思考著出版這套書系的當代價值和意義。

中國兒童文學的歷史源遠流長，卻長期處於一種「不自覺」的蒙昧狀態。而清末宣統年間孫毓修主編的「童話叢刊」中的《無貓國》的出版，可算是「覺醒」的一個信號，至今已經走過整整一百年了。即便從中國出現「兒童文學」這個名詞後，葉聖陶的《稻草人》出版算起，也將近一個世紀了。在這段不長的時間裡，中國兒童文學不斷地成長，漸漸走向成熟。其中有些作品經久不衰，而一些作品卻在歷史的進程中消失了蹤影。然而，真正經典的作品，應該永遠活在眾多讀者的心底，並不時在讀者的腦海裡泛起她的倩影。

當我們站在新世紀初葉的門檻上，常常會在心底提出疑問：在這一百多年的時間裡，中國到底積澱了多少兒童文學經典名著？如今的我們又如何能夠重溫這些經典呢？

在市場經濟高度繁榮的今天，環顧當下圖書出版市場，能夠隨處找到這些經典名著各式各樣的新版本。遺憾的是，我們很難從中感受到當初那種閱讀經典作品時的新奇感、愉悅感、崇敬感。因為市面上的新版本，大都是美繪本、青少版、刪節版，甚至是粗糙的改寫本或編寫本。不少編輯和編者輕率地刪改了原作的字詞、標點，配上了與經典名著不甚協調的插圖。我想，真正的經典版本，從內容到形式都應該是精致的、典雅的，書中每個角落透露出來的氣息，都要與作品內在的美感、精神、品質相一致。於是，我繼續往前回想，記憶起那些經典名著的初版本，或者其他的老版本——我的心不禁微微一震，那裡才有我需要的閱讀感覺。

在很長的一段時間裡，我也渴望著這些中國兒童文學舊經典，能夠以它們原來的面貌重現於今天的讀者面前。至少，新的版本能夠讓讀者記憶起它們初始的樣子。此外，還有許多已經沉睡在某家圖書館或某個民間藏書家手裡的舊版本，我也希望它們能夠以原來的樣子再度展現自己。我想這恐怕也就是出版者推出這套書系的初衷。

也許有人會懷疑這種懷舊感情的意義。其實，懷舊是人類普遍存在的情感。它是一種自古迄今，不分中外都有的文化現象，反映了人類作為個體，在漫長的人生旅途上，需要回首自己走過的路，讓一行行的腳印在腦海深處復活。

懷舊，不是心靈無助的漂泊；懷舊也不是心理病態的表徵。懷舊，能夠使我們憧憬理想的價值；懷舊，可以讓我們明白追求的意義；懷舊，也促使我們理解生命的真諦。它既可讓人獲得心靈的慰藉，也能從中獲得精神力量。因此，我認為出版本書系，也是另一種形式的文化積澱。

懷舊不僅是一種文化積澱，它更為我們提供了一種經過時間發酵釀造而成的文化營養。它為認識、評價當前兒童文學創作、出版、研究提供了一份有價值的參照系統，體現了我們對它們批判性的繼承和發揚，同時還為繁榮我國兒童文學事業提供了一個座標、方向，從而順利找到超越以往的新路。這是本書系出版的根本旨意的基點。

這套書經過長時間的籌畫、準備，將要出版了。

我們出版這樣一個書系，不是炒冷飯，而是迎接一個新的挑戰。

我們的汗水不會白灑，這項勞動是有意義的。

我們是嚮往未來的，我們正在走向未來。

我們堅信自己是懷著崇高的信念，追求中國兒童文學更崇高的明天的。

二〇一一年三月二〇日

於中國兒童文學研究中心

蔣風，一九二五年生，浙江金華人。亞洲兒童文學學會共同會長、中國兒童文學學科創始人、中國國際兒童文學館館長。曾任浙江師範大學校長。著有《中國兒童文學講話》《兒童文學叢談》《兒童文學概論》《蔣風文壇回憶錄》等。二〇一一年，榮獲國際格林獎，是中國迄今為止唯一的獲得者。

目錄

狗·貓·鼠

從去年起，仿佛聽得有人說我是仇貓的。那根據自然是在我的那一篇〈兔和貓〉；這是自畫招供，當然無話可說，——但倒也毫不介意。一到今年，我可很有點擔心了。我是常不免於弄弄筆墨的，寫了下來，印了出去，對於有些人似乎總是搔著癢處的時候少，碰著痛處的時候多。萬一不謹，甚而至於得罪了名人或名教授，或者更甚而至於得罪了「負有指導青年責任的前輩」之流，可就危險已極。為什麼呢？因為這些大腳色是「不好惹」的。怎地「不好惹」呢？就是怕要渾身發熱之後，做一封信登在報紙上，廣告道：「看哪！狗不是仇貓的麼？魯迅先生卻自己承認是仇貓的，而他還說要打『落水狗』！」這「邏輯」的奧義，即在用我的話，來證明我倒是狗，於是而凡有言說，全都根本推翻，即使我說二二得四，三三見九，也沒有一字不錯。這些既然都錯，則紳士口頭的二二得七，三三見千等等，自然就不錯了。

我於是就間或留心著查考它們成仇的「動機」。這也並非敢妄學現下的學者以動機來褒貶作品的那些時髦，不過想給自己預先洗刷洗刷。據我想，這在動物心理學家，是用不著費什麼力氣的，可惜我沒有這學問。後來，在覃哈特博士（Dr. O. Dähnhardt）的《自然史底國民童話》裡，總算發見了那原因了。據說，是這麼一回事：動物們因為要商議要事，開了一個會議，鳥，魚，獸都齊集了，單是缺了象。大會議定，派夥計去迎接它，拈到了當這差使的鬮的就是狗。「我怎麼找到那象呢？我沒有見過它，也和它不認識。」它問。「那容易，」大眾說，「它是駝背的。」狗去了，遇見一匹貓，立刻弓起脊梁來，它便招待，同行，將弓著脊梁的貓介紹給大家道：「象在這裡！」但是大家都嗤笑它了。從此以後，狗和貓便成了仇家。

日爾曼人走出森林雖然還不很久，學術文藝卻已經很可觀，便是書籍的裝潢，玩具的工致，也無不令人心愛。獨有這一篇童話卻實在不漂亮；結怨也結得沒有意思。貓的弓起脊梁，並不是希圖冒充，故意擺架子的，其咎卻在狗的自己沒眼力。然而原因也總可以算作一個原因。我的仇貓，是和這大大兩樣的。

其實人禽之辨，本不必這樣嚴。在動物界，雖然並不如古人所幻想的那樣舒適自由，可是嚕蘇做作的事總比人間少。它們適性任情，對就對，錯就錯，不說一句分辯話。蟲蛆也許是不乾淨的，但它們並沒有自鳴清高；鷙禽猛獸以較弱的動物為餌，不妨說是兇殘的罷，但它們從來就沒有豎過「公理」「正義」的旗子，使犧牲者直到被吃的時候為止，還是一味佩服讚嘆它們。人呢，能直立了，自然是一大進步；能說話了，自然又是一大進步；能寫字作文了，自然又是一大進步。然而也就墮落，因為那時也開始了說空話。說空話尚無不可，甚至於連自己也不知道說著違心之論，則對於只能嗥叫的動物，實在免不得「顏厚有忸怩」。假使真有一位一視同仁的造物主，高高在上，那麼，對於人類的這些小聰明，也許倒以為多事，正如我們在萬生園裡，看見猴子翻筋斗，母象請安，雖然往往破顏一笑，但同時也覺得不舒服，甚至於感到悲哀，以為這些多餘的聰明，倒不如沒有的好罷。然而，既經為人，便也只好「黨同伐異」，學著人們的說話，隨俗來談一談，——辯一辯了。

現在說起我仇貓的原因來，自己覺得是理由充足，而且光明正大的。一，它的性情就和別的猛獸不同，凡捕食雀鼠，總不肯一口咬死，定要盡情玩弄，放走，又捉住，捉住，又放走，直待自己玩厭了，這才吃下去，頗與人們的幸災樂禍，慢慢地折磨弱者的壞脾氣相同。二，它不是和獅虎同族的麼？可是有這麼一副媚態！但這也許是限於天分之故罷，假使它的身材比現在大十倍，那就真不知道它所取的是怎麼一種態度。然而，這些口實，仿佛又是現在提起筆來的時候添出來的，雖然也像是當時湧上心來的理由。要說得可靠一點，或者倒不如說不過因為它們配合時候的嗥叫，手續竟有這麼繁重，鬧得別人心煩，尤其是夜間要看書，睡覺的時候。當這些時候，我便要用長竹竿去攻擊它們。狗們在大道上配合時，常有閒漢拿了木棍痛打；我曾見大勃呂該爾（P.Bruegel d. Ä）的一張銅版畫 Allegorie der Wollust 上，也畫著這回事，可見這樣的舉動，是中外古今一致的。自從那執拗的奧國學者弗羅特（S. Freud）提倡了精神分析說——Psychoanalysis，聽說章士釗先生是譯作「心解」的，雖然簡古，可是實在難解得很——以來，我們的名人名教授也頗有隱隱約約，檢來應用的了，這些事便不免又要歸宿到性欲上去。打狗的事我不管，至於我的打貓，卻只因為它們嚷嚷，此外並無惡意，我自信我的嫉妒心還沒有這麼博大，當現下「動輒獲咎」之秋，這是不可不預先聲明的。例如人們當配合之前，也很有些手續，新的是寫情書，少則一束，多則一捆；舊的是什麼「問名」「納采」，磕頭作揖，去年海昌蔣氏在北京舉行婚禮，拜來拜去，就十足拜了三天，還印有一本紅面子的《婚禮節文》，

〈序論〉裡大發議論道：「平心論之，既名為禮，當必繁重。專圖簡易，何用禮為？……然則世之有志於禮者，可以興矣！不可退居於禮所不下之庶人矣！」然而我毫不生氣，這是因為無須我到場；因此也可見我的仇貓，理由實在簡簡單單，只為了它們在我的耳朵邊盡嚷的緣故。人們的各種禮式，局外人可以不見不聞，我就滿不管，但如果當我正要看書或睡覺的時候，有人來勒令朗誦情書，奉陪作揖，那是為自衛起見，還要用長竹竿來抵禦的。還有，平素不大交往的人，忽而寄給我一個紅帖子，上面印著「為舍妹出閣」，「小兒完姻」，「敬請觀禮」或「闔第光臨」這些含有「陰險的暗示」的句子，使我不化錢便總覺得有些過意不去的，我也不十分高興。

但是，這都是近時的話。再一回憶，我的仇貓卻遠在能夠說出這些理由之前，也許是還在十歲上下的時候了。至今還分明記得，那原因是極其簡單的：只因為它吃老鼠，——吃了我飼養著的可愛的小小的隱鼠。

聽說西洋是不很喜歡黑貓的，不知道可確；但Edgar Allan Poe的小說裡的黑貓，卻實在有點駭人。日本的貓善於成精，傳說中的「貓婆」，那食人的慘酷確是更可怕。中國古時候雖然曾有「貓鬼」，近來卻很少聽到貓的興妖作怪，似乎古法已經失傳，老實起來了。只是我在童年，總覺得它有點妖氣，沒有什麼好感。那是一個我的幼時的夏夜，我躺在一株大桂樹下的小板桌上乘涼，祖母搖著芭蕉扇坐在桌旁，給我猜謎，講故事。忽然，桂樹上沙沙地有趾爪的爬搔聲，一對閃閃的眼睛在暗中隨聲而下，使我吃驚，也將祖母講著的話打斷，另講貓的故事了——

「你知道麼？貓是老虎的先生。」她說。「小孩子怎麼會知道呢，貓是老虎的師父。老虎本來是什麼也不會的，就投到貓的門下來。貓就教給它撲的方法，捉的方法，吃的方法，像自己的捉老鼠一樣。這些教完了；老虎想，本領都學到了，誰也比不過它了，只有老師的貓還比自己強，要是殺掉貓，自己便是最強的腳色了。它打定主意，就上前去撲貓。貓是早知道它的來意的，一跳，便上了樹，老虎卻只能眼睜睜地在樹下蹲著。它還沒有將一切本領傳授完，還沒有教給它上樹。」

這是僥倖的，我想，幸而老虎很性急，否則從桂樹上就會爬下一匹老虎來。然而究竟很怕人，我要進屋子裡睡覺去了。夜色更加黯然；桂葉瑟瑟地作響，微風也吹動了，想來草席定已微涼，躺著也不至於煩得翻來覆去了。

幾百年的老屋中的豆油燈的微光下，是老鼠跳梁的世界，飄忽地走著，吱吱地叫著，那態度往往比「名人名教授」還軒昂。貓是飼養著的，然而吃飯不管事。祖母她們雖然常恨鼠子們齧破了箱櫃，偷吃了東西，我卻以為這也算不得什麼大罪，也和我不相干，況且這類壞事大概是大個子的老鼠做的，決不能誣陷到我所愛的小鼠身上去。這類小鼠大抵在地上走動，只有拇指那麼大，也不很畏懼人，我們那裡叫它「隱鼠」，與專住在屋上的偉大者是兩種。我的床前就帖著兩張花紙，一是「八戒招贅」，滿紙長嘴大耳，我以為不甚雅觀；別的一張「老鼠成親」卻可愛，自新郎新婦以至儐相，賓客，執事，沒有一個不是尖腮細腿，像煞讀書人的，但穿的都是紅衫綠褲。我想，能舉辦這樣大儀式的，一定只有我所喜歡的那些隱鼠。現在是粗俗了，在路上遇見人類的迎娶儀仗，也不過當作性交的廣告看，不甚留心；但那時的想看「老鼠成親」的儀式，卻極其神往，即使像海昌蔣氏似的連拜三夜，怕也未必會看得心煩。正月十四的夜，是我不肯輕易便睡，等候它們的儀仗從床下出來的夜。然而仍然只看見幾個光著身子的隱鼠在地面遊行，不像正在辦著喜事。直到我熬不住了，快快睡去，一睜眼卻已經天明，到了燈節了。也許鼠族的婚儀，不但不分請帖，來收羅賀禮，雖是真的「觀禮」，也絕對不歡迎的罷，我想，這是它們向來的習慣，無法抗議的。

老鼠的大敵其實並不是貓。春後，你聽到它「咋！咋咋咋咋！」地叫著，大家稱為「老鼠數銅錢」的，便知道它的可怕的屠伯已經光降了。這聲音是表現絕望的驚恐的，雖然遇見貓，還不至於這樣叫。貓自然也可怕，但老鼠只要竄進一個小洞去，它也就奈何不得，逃命的機會還很多。獨有那可怕的屠伯——蛇，身體是細長的，圓徑和鼠子差不多，凡鼠子能到的地方，它也能到，追逐的時間也格外長，而且萬難倖免，當「數錢」的時候，大概是已經沒有第二步辦法的了。

有一回，我就聽得一間空屋裡有著這種「數錢」的聲音，推門進去，一條蛇伏在橫梁上，看地上，躺著一匹隱鼠，口角流血，但兩脅還是一起一落的。取來給躺在一個紙盒子裡，大半天，竟醒過來了，漸漸地能夠飲食，行走，到第二日，似乎就復了原，但是不逃走。放在地上，也時時跑到人面前來，而且緣腿而上，一直爬到膝髁。給放在飯桌上，便檢吃些菜渣，舐舐碗沿；放在我的書桌上，則從容地遊行，看見硯臺便舐吃了研著的墨汁。這使我非常驚喜了。我聽父親說過的，中國有一種墨猴，只有拇指一般大，全身的毛是漆黑而且發亮的。它睡在筆筒裡，一聽到磨墨，便跳出來，等著，等到人寫完字，套上筆，就舐盡了硯上的餘墨，仍舊跳進筆筒裡去了。我就極願意有這樣的一個墨猴，可是得不到；問那裡有，那裡買的呢，誰也不知道。「慰情聊勝無」，這隱鼠總可以算是我的墨猴了罷，雖然它舐吃墨汁，並不一定肯等到我寫完字。

現在已經記不分明，這樣地大約有一兩月；有一天，我忽然感到寂寞了，真所謂「若有所失」。我的隱鼠，是常在眼前遊行的，或桌上，或地上。而這一日卻大半天沒有見，大家吃午飯了，也不見它走出來，平時，是一定出現的。我再等著，再等它一半天，然而仍然沒有見。

長媽媽，一個一向帶領著我的女工，也許是以為我等得太苦了罷，輕輕地來告訴我一句話。這即刻使我憤怒而且悲哀，決心和貓們為敵。她說：隱鼠是昨天晚上被貓吃去了！

當我失掉了所愛的，心中有著空虛時，我要充填以報仇的惡念！

我的報仇，就從家裡飼養著的一匹花貓起手，逐漸推廣，至於凡所遇見的諸貓。最先不過是追趕，襲擊；後來卻愈加巧妙了，能飛石擊中它們的頭，或誘入空屋裡面，打得它垂頭喪氣。

這作戰繼續得頗長久，此後似乎貓都不來近我了。但對於它們縱使怎樣戰勝，大約也算不得一個英雄；況且中國畢生和貓打仗的人也未必多，所以一切韜略，戰績，還是全都省略了罷。

但許多天之後，也許是已經經過了大半年，我竟偶然得到一個意外的消息：那隱鼠其實並非被貓所害，倒是它緣著長媽媽的腿要爬上去，被她一腳踏死了。

這確是先前所沒有料想到的。現在我已經記不清當時是怎樣一個感想，但和貓的感情卻終於沒有融和；到了北京，還因為它傷害了兔的兒女們，便舊隙夾新嫌，使出更辣的辣手。「仇貓」的話柄，也從此傳揚開來。然而在現在，這些早已是過去的事了，我已經改變態度，對貓頗為客氣，倘其萬不得已，則趕走而已，決不打傷它們，更何況殺害。這是我近幾年的進步。經驗既多，一旦大悟，知道貓的偷魚肉，拖小雞，深夜大叫，人們自然十之九是憎惡的，而這憎惡是在貓身上。假如我出而為人們驅除這憎惡，打傷或殺害了它，它便立刻變為可憐，那憎惡倒移在我身上了。

所以，目下的辦法，是凡遇貓們搗亂，至於有人討厭時，我便站出去，在門口大聲叱曰：「噓！滾！」小小平靜，即回書房，這樣，就長保著禦侮保家的資格。其實這方法，中國的官兵就常在實做的，他們總不肯掃清土匪或撲滅敵人，因為這麼一來，就要不被重視，甚至於因失其用處而被裁汰。我想，如果能將這方法推廣應用，我大概也總可望成為所謂「指導青年」的「前輩」的罷，但現下也還未決心實踐，正在研究而且推敲。

一九二六年二月二十一日。

阿長與《山海經》

長媽媽，已經說過，是一個一向帶領著我的女工，說得闊氣一點，就是我的保姆。我的母親和許多別的人都這樣稱呼她，似乎略帶些客氣的意思。只有祖母叫她阿長。我平時叫她「阿媽」，連「長」字也不帶；但到憎惡她的時候，——例如知道了謀死我那隱鼠的卻是她的時候，就叫她阿長。

我們那裡沒有姓長的；她生得黃胖而矮，「長」也不是形容詞。又不是她的名字，記得她自己說過，她的名字是叫作什麼姑娘的。什麼姑娘，我現在已經忘卻了，總之不是長姑娘；也終於不知道她姓什麼。記得她也曾告訴過我這個名稱的來歷：先前的先前，我家有一個女工，身材生得很高大，這就是真阿長。後來她回去了，我那什麼姑娘才來補她的缺。然而大家因為叫慣了，沒有再改口，於是她從此也就成為長媽媽了。

雖然背地裡說人長短不是好事情，但倘使要我說句真心話，我可只得說：我實在不大佩服她。最討厭的是常喜歡切切察察，向人們低聲絮說些什麼事，還豎起第二個手指，在空中上下搖動，或者點著對手或自己的鼻尖。我的家裡一有些小風波，不知怎的我總疑心和這「切切察察」有些關係。又不許我走動，拔一株草，翻一塊石頭，就說我頑皮，要告訴我的母親去了。一到夏天，睡覺時她又伸開兩腳兩手，在床中間擺成一個「大」字，擠得我沒有餘地翻身，久睡在一角的席子上，又已經烤得那麼熱。推她呢，不動；叫她呢，也不聞。

「長媽媽生得那麼胖，一定很怕熱罷？晚上的睡相，怕不見得很好罷？……」

母親聽到我多回訴苦之後，曾經這樣地問過她。我也知道這意思是要她多給我一些空席。她不開口。但到夜裡，我熱得醒來的時候，卻仍然看見滿床擺著一個「大」字，一條臂膊還擱在我的頸子上。我想，這實在是無法可想了。

但是她懂得許多規矩；這些規矩，也大概是我所不耐煩的。一年中最高興的時節，自然要數除夕了。辭歲之後，從長輩得到壓歲錢，紅紙包著，放在枕邊，只要過一宵，便可以隨意使用。睡在枕上，看著紅包，想到明天買來的小鼓，刀槍，泥人，糖菩薩……。然而她進來，又將一個福橘放在床頭了。

「哥兒，你牢牢記住！」她極其鄭重地說。「明天是正月初一，清早一睜開眼睛，第一句話就得對我說：『阿媽，恭喜恭喜！』記得麼？你要記著，這是一年的運氣的事情。不許說別的話！說過之後，還得吃一點福橘。」她又拿起那橘子來在我的眼前搖了兩搖，「那麼，一年到頭，順順流流……。」

夢裡也記得元旦的，第二天醒得特別早，一醒，就要坐起來。她卻立刻伸出臂膊，一把將我按住。我驚異地看她時，只見她惶急地看著我。

她又有所要求似的，搖著我的肩。我忽而記得了——

「阿媽，恭喜……。」

「恭喜恭喜！大家恭喜！真聰明！恭喜恭喜！」她於是十分喜歡似的，笑將起來，同時將一點冰冷的東西，塞在我的嘴裡。我大吃一驚之後，也就忽而記得，這就是所謂福橘，元旦劈頭的磨難，總算已經受完，可以下床玩耍去了。

她教給我的道理還很多，例如說人死了，不該說死掉，必須說「老掉了」；死了人，生了孩子的屋子裡，不應該走進去；飯粒落在地上，必須揀起來，最好是吃下去；晒褲子用的竹竿底下，是萬不可鑽過去的……。此外，現在大抵忘卻了，只有元旦的古怪儀式記得最清楚。總之：都是些煩瑣之至，至今想起來還覺得非常麻煩的事情。

然而我有一時也對她發生過空前的敬意。她常常對我講「長毛」。她之所謂

「長毛」者，不但洪秀全軍，似乎連後來一切土匪強盜都在內，但除卻革命黨，因為那時還沒有。她說得長毛非常可怕，他們的話就聽不懂。她說先前長毛進城的時候，我家全都逃到海邊去了，只留一個門房和年老的煮飯老媽子看家。後來長毛果然進門來了，那老媽子便叫他們「大王」，——據說對長毛就應該這樣叫，——訴說自己的饑餓。長毛笑道：「那麼，這東西就給你吃了罷！」將一個圓圓的東西擲了過來，還帶著一條小辮子，正是那門房的頭。煮飯老媽子從此就駭破了膽，後來一提起，還是立刻面如土色，自己輕輕地拍著胸脯道：「阿呀，駭死我了，駭死我了……。」

我那時似乎倒並不怕，因為我覺得這些事和我毫不相干的，我不是一個門房。但她大概也即覺到了，說道：「像你似的小孩子，長毛也要擄的，擄去做小長毛。還有好看的姑娘，也要擄。」

「那麼，你是不要緊的。」我以為她一定最安全了，既不做門房，又不是小孩子，也生得不好看，況且頸子上還有許多灸瘡疤。

「那裡的話？！」她嚴肅地說。「我們就沒有用麼？我們也要被擄去。城外有兵來攻的時候，長毛就叫我們脫下褲子，一排一排地站在城牆上，外面的大炮就放不出來；再要放，就炸了！」

這實在是出於我意想之外的，不能不驚異。我一向只以為她滿肚子是麻煩的禮節罷了，卻不料她還有這樣偉大的神力。從此對於她就有了特別的敬意，似乎實在深不可測；夜間的伸開手腳，佔領全床，那當然是情有可原的了，倒應該我退讓。

這種敬意，雖然也逐漸淡薄起來，但完全消失，大概是在知道她謀害了我的隱鼠之後。那時就極嚴重地詰問，而且當面叫她阿長。我想我又不真做小長毛，不去攻城，也不放炮，更不怕炮炸，我懼憚她什麼呢！

但當我哀悼隱鼠，給它復仇的時候，一面又在渴慕著繪圖的《山海經》了。這渴慕是從一個遠房的叔祖惹起來的。他是一個胖胖的，和藹的老人，愛種一點花木，如珠蘭，茉莉之類，還有極其少見的，據說從北邊帶回去的馬纓花。他的太太卻正相反，什麼也莫名其妙，曾將晒衣服的竹竿擱在珠蘭的枝條上，枝折了，還要憤憤地咒　道：「死屍！」這老人是個寂寞者，因為無人可談，就很愛和孩子們往來，有時簡直稱我們為「小友」。在我們聚族而居的宅子裡，只有他書多，而且特別。制藝和試帖詩，自然也是有的；但我卻只在他的書齋裡，看見過陸璣的《毛詩草木鳥獸蟲魚疏》，還有許多名目很生的書籍。我那時最愛看的是《花鏡》，上面有許多圖。他說給我聽，曾經有過一部繪圖的《山海經》，畫著人面的獸，九頭的蛇，三腳的鳥，生著翅膀的人，沒有頭而以兩乳當作眼睛的怪物，……可惜現在不知道放在那裡了。

我很願意看看這樣的圖畫，但不好意思力逼他去尋找，他是很疏懶的。問別人呢，誰也不肯真實地回答我。壓歲錢還有幾百文，買罷，又沒有好機會。有書買的大街離我家遠得很，我一年中只能在正月間去玩一趟，那時候，兩家書店都緊緊地關著門。

玩的時候倒是沒有什麼的，但一坐下，我就記得繪圖的《山海經》。

大概是太過於念念不忘了，連阿長也來問《山海經》是怎麼一回事。這是我向來沒有和她說過的，我知道她並非學者，說了也無益；但既然來問，也就都對她說了。

過了十多天，或者一個月罷，我還很記得，是她告假回家以後的四五天，她穿著新的藍布衫回來了，一見面，就將一包書遞給我，高興地說道：

「哥兒，有畫兒的『三哼經』，我給你買來了！」

我似乎遇著了一個霹靂，全體都震悚起來；趕緊去接過來，打開紙包，是四本小小的書，略略一翻，人面的獸，九頭的蛇，……果然都在內。

這又使我發生新的敬意了，別人不肯做，或不能做的事，她卻能夠做成功。她確有偉大的神力。謀害隱鼠的怨恨，從此完全消滅了。

這四本書，乃是我最初得到，最為心愛的寶書。

書的模樣，到現在還在眼前。可是從還在眼前的模樣來說，卻是一部刻印都十分粗拙的本子。紙張很黃；圖像也很壞，甚至於幾乎全用直線湊合，連動物的眼睛也都是長方形的。但那是我最為心愛的寶書，看起來，確是人面的獸；九頭的蛇；一腳的牛；袋子似的帝江；沒有頭而「以乳為目，以臍為口」，還要「執干戚而舞」的刑天。

此後我就更其搜集繪圖的書，於是有了石印的《爾雅音圖》和《毛詩品物圖考》，又有了《點石齋叢畫》和《詩畫舫》。《山海經》也另買了一部石印的，每卷都有圖讚，綠色的畫，字是紅的，比那木刻的精緻得多了。這一部直到前年還在，是縮印的郝懿行疏。木刻的卻已經記不清是什麼時候失掉了。

我的保姆，長媽媽即阿長，辭了這人世，大概也有了三十年了罷。我終於不知道她的姓名，她的經歷；僅知道有一個過繼的兒子，她大約是青年守寡的孤孀。

仁厚黑暗的地母呵，願在你懷裡永安她的魂靈！

三月十日。

《二十四孝圖》

我總要上下四方尋求，得到一種最黑，最黑，最黑的咒文，先來詛咒一切反對白話，妨害白話者。即使人死了真有靈魂，因這最惡的心，應該墮入地獄，也將決不改悔，總要先來詛咒一切反對白話，妨害白話者。

自從所謂「文學革命」以來，供給孩子的書籍，和歐，美，日本的一比較，雖然很可憐，但總算有圖有說，只要能讀下去，就可以懂得的了。可是一班別有心腸的人們，便竭力來阻遏它，要使孩子的世界中，沒有一絲樂趣。北京現在常用「馬虎子」這一句話來恐嚇孩子們。或者說，那就是《開河記》上所載的，給隋煬帝開河，蒸死小兒的麻叔謀；正確地寫起來，須是「麻鬍子」。那麼，這麻叔謀乃是胡人了。但無論他是什麼人，他的吃小孩究竟也還有限，不過盡他的一生。妨害白話者的流毒卻甚於洪水猛獸，非常廣大，也非常長久，能使全中國化成一個麻胡，凡有孩子都死在他肚子裡。

只要對於白話來加以謀害者，都應該滅亡！

這些話，紳士們自然難免要掩住耳朵的，因為就是所謂「跳到半天空，罵得體無完膚，——還不肯甘休。」而且文士們一定也要罵，以為大悖於「文格」，亦即大損於「人格」。豈不是「言者心聲也」麼？「文」和「人」當然是相關的，雖然人間世本來千奇百怪，教授們中也有「不尊敬」作者的人格而不能「不說他的小說好」的特別種族。但這些我都不管，因為我幸而還沒有爬上「象牙之塔」去，正無須怎樣小心。倘若無意中竟已撞上了，那就即刻跌下來罷。然而在跌下來的中途，當還未到地之前，還要說一遍：

只要對於白話來加以謀害者，都應該滅亡！

每看見小學生歡天喜地地看著一本粗拙的《兒童世界》之類，另想到別國的兒童用書的精美，自然要覺得中國兒童的可憐。但回憶起我和我的同窗小友的童年，卻不能不以為他幸福，給我們的永逝的韶光一個悲哀的弔唁。我們那時有什麼可看呢，只要略有圖畫的本子，就要被塾師，就是當時的「引導青年的前輩」禁止，呵斥，甚而至於打手心。我的小同學因為專讀「人之初性本善」讀得要枯燥而死了，只好偷偷地翻開第一頁，看那題著「文星高照」四個字的惡鬼一般的魁星像，來滿足他幼稚的愛美的天性。昨天看這個，今天也看這個，然而他們的眼睛裡還閃出蘇醒和歡喜的光輝來。

在書塾以外，禁令可比較的寬了，但這是說自己的事，各人大概不一樣。我能在大眾面前，冠冕堂皇地閱看的，是《文昌帝君陰騭文圖說》和《玉歷鈔傳》，都畫著冥冥之中賞善罰惡的故事，雷公電母站在雲中，牛頭馬面布滿地下，不但「跳到半天空」是觸犯天條的，即使半語不合，一念偶差，也都得受相當的報應。這所報的也並非「睚眥之怨」，因為那地方是鬼神為君，「公理」作宰，請酒下跪，全都無功，簡直是無法可想。在中國的天地間，不但做人，便是做鬼，也艱難極了。然而究竟很有比陽間更好的處所：無所謂「紳士」，也沒有「流言」。

陰間，倘要穩妥，是頌揚不得的。尤其是常常好弄筆墨的人，在現在的中國，流言的治下，而又大談「言行一致」的時候。前車可鑒，聽說阿爾志跋綏夫曾答一個少女的質問說，「惟有在人生的事實這本身中尋出歡喜者，可以活下去。倘若在那裡什麼也不見，他們其實倒不如死。」於是乎有一個叫作密哈羅夫的，寄信嘲罵他道，「……所以我完全誠實地勸你自殺來禍福你自己的生命，因為這第一是合於邏輯，第二是你的言語和行為不至於背馳。」

其實這論法就是謀殺，他就這樣地在他的人生中尋出歡喜來。阿爾志跋綏夫只發了一大通牢騷，沒有自殺。密哈羅夫先生後來不知道怎樣，這一個歡喜失掉了，或者另外又尋到了「什麼」了罷。誠然，「這些時候，勇敢，是安穩的；情熱，是毫無危險的。」

然而，對於陰間，我終於已經頌揚過了，無法追改；雖有「言行不符」之嫌，但確沒有受過閻王或小鬼的半文津貼，則差可以自解。總而言之，還是仍然寫下去罷：

我所看的那些陰間的圖畫，都是家藏的老書，並非我所專有。我所收得的最先的畫圖本子，是一位長輩的贈品：《二十四孝圖》。這雖然不過薄薄的一本書，但是下圖上說，鬼少人多，又為我一人所獨有，使我高興極了。那裡面的故事，似乎是誰都知道的；便是不識字的人，例如阿長，也只要一看圖畫便能夠滔滔地講出這一段的事蹟。但是，我於高興之餘，接著就是掃興，因為我請人講完了二十四個故事之後，才知道「孝」有如此之難，對於先前癡心妄想，想做孝子的計畫，完全絕望了。

「人之初，性本善」麼？這並非現在要加研究的問題。但我還依稀記得，我幼小時候實未嘗蓄意忤逆，對於父母，倒是極願意孝順的。不過年幼無知，只用了私見來解釋「孝順」的做法，以為無非是「聽話」，「從命」，以及長大之後，給年老的父母好好地吃飯罷了。自從得了這一本孝子的教科書以後，才知道並不然，而且還要難到幾十幾百倍。其中自然也有可以勉力仿效的，如「子路負米」，「黃香扇枕」之類。「陸績懷橘」也並不難，只要有闊人請我吃飯。「魯迅先生作賓客而懷橘乎？」我便跪答云，「吾母性之所愛，欲歸以遺母。」闊人大佩服，於是孝子就做穩了，也非常省事。「哭竹生筍」就可疑，怕我的精誠未必會這樣感動天地。但是哭不出筍來，還不過拋臉而已，一到「臥冰求鯉」，可就有性命之虞了。我鄉的天氣是溫和的，嚴冬中，水面也只結一層薄冰，即使孩子的重量怎樣小，躺上去，也一定嘩喇一聲，冰破落水，鯉魚還不及游過來。自然，必須不顧性命，這才孝感神明，會有出乎意料之外的奇跡，但那時我還小，實在不明白這些。

其中最使我不解，甚至於發生反感的，是「老萊娛親」和「郭巨埋兒」兩件事。

我至今還記得，一個躺在父母跟前的老頭子，一個抱在母親手上的小孩子，是怎樣地使我發生不同的感想呵。他們一手都拿著「搖咕咚」。這玩意兒確是可愛的，北京稱為小鼓，蓋即鞀也，朱熹曰，「鞀，小鼓，兩旁有耳；持其柄而搖之，則旁耳還自擊，」咕咚咕咚地響起來。然而這東西是不該拿在老萊子手裡的，他應該扶一枝拐杖。現在這模樣，簡直是裝佯，侮辱了孩子。我沒有再看第二回，一到這一葉，便急速地翻過去了。

那時的《二十四孝圖》，早已不知去向了，目下所有的只是一本日本小田海僊所畫的本子，敘老萊子事云，「行年七十，言不稱老，常著五色斑斕之衣，為嬰兒戲于親側。又常取水上堂，詐跌撲地，作嬰兒啼，以娛親意。」大約舊本也差不多，而招我反感的便是「詐跌」。無論忤逆，無論孝順，小孩子多不願意「詐」作，聽故事也不喜歡是謠言，這是凡有稍稍留心兒童心理的都知道的。

然而在較古的書上一查，卻還不至於如此虛偽。師覺授《孝子傳》云，「老萊子……常著斑斕之衣，為親取飲，上堂腳跌，恐傷父母之心，僵撲為嬰兒啼。」（《太平御覽》四百十三引）較之今說，似稍近於人情。不知怎地，後之君子卻一定要改得他「詐」起來，心裡才能舒服。鄧伯道棄子救侄，想來也不過「棄」而已矣，昏妄人也必須說他將兒子捆在樹上，使他追不上來才肯歇手。正如將「肉麻當作有趣」一般，以不情為倫紀，誣衊了古人，教壞了後人。老萊子即是一例，道學先生以為他白璧無瑕時，他卻已在孩子的心中死掉了。

至於玩著「搖咕咚」的郭巨的兒子，卻實在值得同情。他被抱在他母親的臂膊上，高高興興地笑著；他的父親卻正在掘窟窿，要將他埋掉了。說明云，「漢郭巨家貧，有子三歲，母嘗減食與之。巨謂妻曰，貧乏不能供母，子又分母之食。盍埋此子？」但是劉向《孝子傳》所說，卻又有些不同：巨家是富的，他都給了兩弟；孩子是才生的，並沒有到三歲。結末又大略相像了，「及掘坑二尺，得黃金一釜，上云：天賜郭巨，官不得取，民不得奪！」

我最初實在替這孩子捏一把汗，待到掘出黃金一釜，這才覺得輕鬆。然而我已經不但自己不敢再想做孝子，並且怕我父親去做孝子了。家景正在壞下去，常聽到父母愁柴米；祖母又老了，倘使我的父親竟學了郭巨，那麼，該埋的不正是我麼？如果一絲不走樣，也掘出一釜黃金來，那自然是如天之福，但是，那時我雖然年紀小，似乎也明白天下未必有這樣的巧事。

現在想起來，實在很覺得傻氣。這是因為現在已經知道了這些老玩意，本來誰也不實行。整飭倫紀的文電是常有的，卻很少見紳士赤條條地躺在冰上面，將軍跳下汽車去負米。何況現在早長大了，看過幾部古書，買過幾本新書，什麼《太平御覽》咧，《古孝子傳》咧，《人口問題》咧，《節制生育》咧，《二十世紀是兒童的世界》咧，可以抵抗被埋的理由多得很。不過彼一時，此一時，彼時我委實有點害怕：掘好深坑，不見黃金，連「搖咕咚」一同埋下去，蓋上土，踏得實實的，又有什麼法子可想呢。我想，事情雖然未必實現，但我從此總怕聽到我的父母愁窮，怕看見我的白髮的祖母，總覺得她是和我不兩立，至少，也是一個和我的生命有些妨礙的人。後來這印象日見其淡了，但總有一些留遺，一直到她去世——這大概是送給《二十四孝圖》的儒者所萬料不到的罷。

五月十日。

五猖會

孩子們所盼望的，過年過節之外，大概要數迎神賽會的時候了。但我家的所在很偏僻，待到賽會的行列經過時，一定已在下午，儀仗之類，也減而又減，所剩的極其寥寥。往往伸著頸子等候多時，卻只見十幾個人抬著一個金臉或藍臉紅臉的神像匆匆地跑過去。於是，完了。

我常存著這樣的一個希望：這一次所見的賽會，比前一次繁盛些。可是結果總是一個「差不多」；也總是只留下一個紀念品，就是當神像還未抬過之前，化一文錢買下的，用一點爛泥，一點顏色紙，一枝竹簽和兩三枝雞毛所做的，吹起來會發出一種刺耳的聲音的哨子，叫作「吹都都」的，吡吡地吹它兩三天。

現在看看《陶庵夢憶》，覺得那時的賽會，真是豪奢極了，雖然明人的文章，怕難免有些誇大。因為禱雨而迎龍王，現在也還有的，但辦法卻已經很簡單，不過是十多人盤旋著一條龍，以及村童們扮些海鬼。那時卻還要扮故事，而且實在奇拔得可觀。他記扮《水滸傳》中人物云：「……於是分頭四出，尋黑矮漢，尋稍長大漢，尋頭陀，尋胖大和尚，尋茁壯婦人，尋姣長婦人，尋青面，尋歪頭，尋赤須，尋美髯，尋黑大漢，尋赤臉長鬚。大索城中；無，則之郭，之村，之山僻，之鄰府州縣。用重價聘之，得三十六人，梁山泊好漢，個個呵活，臻臻至至，人馬稱娖而行。……」這樣的白描的活古人，誰能不動一看的雅興呢？可惜這種盛舉，早已和明社一同消滅了。

賽會雖然不像現在上海的旗袍，北京的談國事，為當局所禁止，然而婦孺們是不許看的，讀書人即所謂士子，也大抵不肯趕去看。只有遊手好閒的閒人，這才跑到廟前或衙門前去看熱鬧；我關於賽會的知識，多半是從他們的敘述上得來的，並非考據家所貴重的「眼學」。然而記得有一回，也親見過較盛的賽會。開首是一個孩子騎馬先來，稱為「塘報」；過了許久，「高照」到了，長竹竿揭起一條很長的旗，一個汗流浹背的胖大漢用兩手托著；他高興的時候，就肯將竿頭放在頭頂或牙齒上，甚而至於鼻尖。其次是所謂「高蹺」，「抬閣」，「馬頭」了；還有扮犯人的，紅衣枷鎖，內中也有孩子。我那時覺得這些都是有光榮的事業，與聞其事的即全是大有運氣的人，——大概羨慕他們的出風頭罷。我想，我為什麼不生一場重病，使我的母親也好到廟裡去許下一個「扮犯人」的心願的呢？……

然而我到現在終於沒有和賽會發生關係過。

要到東關看五猖會去了。這是我兒時所罕逢的一件盛事。因為那會是全縣中最盛的會，東關又是離我家很遠的地方，出城還有六十多里水路，在那裡有兩座特別的廟。一是梅姑廟，就是《聊齋志異》所記，室女守節，死後成神，卻篡取別人的丈夫的；現在神座上確塑著一對少年男女，眉開眼笑，殊與「禮教」有妨。其一便是五猖廟了，名目就奇特。據有考據癖的人說：這就是五通神。然而也並無確據。神像是五個男人，也不見有什麼猖獗之狀；後面列坐著五位太太，卻並不「分坐」，遠不及北京戲園裡界限之謹嚴。其實呢，這也是殊與「禮教」有妨的，——但他們既然是五猖，便也無法可想，而且自然也就「又作別論」了。

因為東關離城遠，大清早大家就起來。昨夜預定好的三道明瓦窗的大船，已經泊在河埠頭，船椅，飯菜，茶炊，點心盒子，都在陸續搬下去了。我笑著跳著，催他們要搬得快。忽然，工人的臉色很謹肅了，我知道有些蹊蹺，四面一看，父親就站在我背後。

「去拿你的書來。」他慢慢地說。

這所謂「書」，是指我開蒙時候所讀的《鑑略》，因為我再沒有第二本了。

我們那裡上學的歲數是多揀單數的，所以這使我記住我其時是七歲。

我忐忑著，拿了書來了。他使我同坐在堂中央的桌子前，教我一句一句地讀下去。我擔著心，一句一句地讀下去。

兩句一行，大約讀了二三十行罷，他說：

「給我讀熟。背不出，就不准去看會。」

他說完，便站起來，走進房裡去了。

我似乎從頭上澆了一盆冷水。但是，有什麼法子呢？自然是讀著，讀著，強記著，——而且要背出來。

粵自盤古，生於太荒，

首出御世，肇開混茫。

就是這樣的書，我現在只記得前四句，別的都忘卻了；那時所強記的二三十行，自然也一齊忘卻在裡面了。記得那時聽人說，讀《鑒略》比讀《千字文》《百家姓》有用得多，因為可以知道從古到今的大概。知道從古到今的大概，那當然是很好的，然而我一字也不懂。「粵自盤古」就是「粵自盤古」，讀下去，記住它，「粵自盤古」呵！「生於太荒」呵！……

應用的物件已經搬完，家中由忙亂轉成靜肅了。朝陽照著西牆，天氣很清朗。母親，工人，長媽媽即阿長，都無法營救，只默默地靜候著我讀熟，而且背出來。在百靜中，我似乎頭裡要伸出許多鐵鉗，將什麼「生於太荒」之流夾住；也聽到自己急急誦讀的聲音發著抖，彷彿深秋的蟋蟀，在夜中鳴叫似的。

他們都等候著；太陽也升得更高了。

我忽然似乎已經很有把握，便即站了起來，拿書走進父親的書房，一氣背將下去，夢似的就背完了。

「不錯。去罷。」父親點著頭，說。

大家同時活動起來，臉上都露出笑容，向河埠走去。工人將我高高地抱起，彷彿在祝賀我的成功一般，快步走在最前頭。

我卻並沒有他們那麼高興。

開船以後，水路中的風景，盒子裡的點心，以及到了東關的五猖會的熱鬧，對於我似乎都沒有什麼大意思。

直到現在，別的完全忘卻，不留一點痕跡了，只有背誦《鑒略》這一段，卻還分明如昨日事。

我至今一想起，還詫異我的父親何以要在那時候叫我來背書。

五月二十五日。

女吊

大概是明末的王思任說的罷：「會稽乃報仇雪恥之鄉，非藏垢納汙之地！」這對於我們紹興人很有光彩，我也很喜歡聽到，或引用這兩句話。但其實，是並不的確的；這地方，無論為那一樣都可以用。

不過一般的紹興人，並不像上海的「前進作家」那樣憎惡報復，卻也是事實。單就文藝而言，他們就在戲劇上創造了一個帶復仇性的，比別的一切鬼魂更美，更強的鬼魂。這就是「女吊」。我以為紹興有兩種特色的鬼，一種是表現對於死的無可奈何，而且隨隨便便的「無常」，我已經在《朝花夕拾》裡得了紹介給全國讀者的光榮了，這回就輪到別一種。

「女吊」也許是方言，翻成普通的白話，只好說是「女性的吊死鬼」。其實，在平時，說起「吊死鬼」，就已經含有「女性的」的意思的，因為投繯而死者，向來以婦人女子為最多。有一種蜘蛛，用一枝絲掛下自己的身體，懸在空中，《爾雅》上已謂之「蜆，縊女」，可見在周朝或漢朝，自經的已經大抵是女性了，所以那時不稱它為男性的「縊夫」或中性的「縊者」。不過一到做「大戲」或「目連戲」的時候，我們便能在看客的嘴裡聽到「女吊」的稱呼。也叫作「吊神」。橫死的鬼魂而得到「神」的尊號的，我還沒有發見過第二位，則其受民眾之愛戴也可想。但為什麼這時獨要稱她「女吊」呢？很容易解：因為在戲臺上，也要有「男吊」出現了。

我所知道的是四十年前的紹興，那時沒有達官顯宦，所以未聞有專門為人（堂會？）的演劇。凡做戲，總帶著一點社戲性，供著神位，是看戲的主體，人們去看，不過叨光。但「大戲」或「目連戲」所邀請的看客，範圍可較廣了，自然請神，而又請鬼，尤其是橫死的怨鬼。所以儀式就更緊張，更嚴肅。一請怨鬼，儀式就格外緊張嚴肅，我覺得這道理是很有趣的。

也許我在別處已經寫過。「大戲」和「目連」，雖然同是演給神，人，鬼看的戲文，但兩者又很不同。不同之點：一在演員，前者是專門的戲子，後者則是臨時集合的Amateur——農民和工人；一在劇本，前者有許多種，後者卻好歹總只演一本《目連救母記》。然而開場的「起殤」，中間的鬼魂時時出現，收場的好人升天，惡人落地獄，是兩者都一樣的。

當沒有開場之前，就可看出這並非普通的社戲，為的是臺兩旁早已掛滿了紙帽，就是高長虹之所謂「紙糊的假冠」，是給神道和鬼魂戴的。所以凡內行人，緩緩的吃過夜飯，喝過茶，閒閒而去，只要看掛著的帽子，就能知道什麼鬼神已經出現。因為這戲開場較早，「起殤」在太陽落盡時候，所以飯後去看，一定是做了好一會了，但都不是精彩的部分。「起殤」者，紹興人現已大抵誤解為「起喪」，以為就是召鬼，其實是專限於橫死者的。《九歌》中的〈國殤〉云：「身既死兮神以靈，魂魄毅兮為鬼雄」，當然連戰死者在內。明社垂絕，越人起義而死者不少，至清被稱為叛賊，我們就這樣的一同招待他們的英靈。在薄暮中，十幾匹馬，站在臺下了；戲子扮好一個鬼王，藍面鱗紋，手執鋼叉，還得有十幾名鬼卒，則普通的孩子都可以應募。我在十餘歲時候，就曾經充過這樣的義勇鬼，爬上臺去，說明志願，他們就給在臉上塗上幾筆彩色，交付一柄鋼叉。待到有十多人了，即一擁上馬，疾馳到野外的許多無主孤墳之處，環繞三匝，下馬大叫，將鋼叉用力的連連刺在墳墓上，然後拔叉馳回，上了前臺，一同大叫一聲，將鋼叉一擲，釘在臺板上。我們的責任，這就算完結，洗臉下臺，可以回家了，但倘被父母所知，往往不免挨一頓竹篠（這是紹興打孩子的最普通的東西），一以罰其帶著鬼氣，二以賀其沒有跌死，但我卻幸而從來沒有被覺察，也許是因為得了惡鬼保佑的緣故罷。

這一種儀式，就是說，種種孤魂厲鬼，已經跟著鬼王和鬼卒，前來和我們一同看戲了，但人們用不著擔心，他們深知道理，這一夜決不絲毫作怪。於是戲文也接著開場，徐徐進行，人事之中，夾以出鬼：火燒鬼，淹死鬼，科場鬼（死在考場裡的），虎傷鬼……孩子們也可以自由去扮，但這種沒出息鬼，願意去扮的並不多，看客也不將它當作一回事。一到「跳吊」時分──「跳」是動詞，意義和「跳加官」之「跳」同──情形的鬆緊可就大不相同了。臺上吹起悲涼的喇叭來，中央的橫梁上，原有一團布，也在這時放下，長約戲臺高度的五分之二。看客們都屏著氣，臺上就闖出一個不穿衣褲，只有一條犢鼻褌，面施幾筆粉墨的男人，他就是「男吊」。一登臺，徑奔懸布，像蜘蛛的死守著蛛絲，也如結網，在這上面鑽，掛。他用布吊著各處：腰，脅，胯下，肘彎，腿彎，後項窩……一共七七四十九處。最後才是脖子，但是並不真套進去的，兩手扳著布，將頸子一伸，就跳下，走掉了。這「男吊」最不易跳，演目連戲時，獨有這一個腳色須特請專門的戲子。那時的老年人告訴我，這也是最危險的時候，因為也許會招出真的「男吊」來。所以後臺上一定要扮一個王靈官，一手捏訣，一手執鞭，目不轉睛的看著一面照見前臺的鏡子。倘鏡中見有兩個，那麼，一個就是真鬼了，他得立刻跳出去，用鞭將假鬼打落臺下。假鬼一落臺，就該跑到河邊，洗去粉墨，擠在人叢中看戲，然後慢慢的回家。倘打得慢，他就會在戲臺上吊死；洗得慢，真鬼也還會認識，跟住他。這擠在人叢中看自己們所做的戲，就如要人下野而念佛，或出洋遊歷一樣，也正是一種缺少不得的過渡儀式。

這之後，就是「跳女吊」。自然先有悲涼的喇叭；少頃，門幕一掀，她出場了。大紅衫子，黑色長背心，長髮蓬鬆，頸掛兩條紙錠，垂頭，垂手，彎彎曲曲的走一個全臺，內行人說：這是走了一個「心」字。為什麼要走「心」字呢？我不明白。我只知道她何以要穿紅衫。看王充的《論衡》，知道漢朝的鬼的顏色是紅的，但再看後來的文字和圖畫，卻又並無一定顏色，而在戲文裡，穿紅的則只有這「吊神」。意思是很容易了然的；因為她投繯之際，準備作厲鬼以復仇，紅色較有陽氣，易於和生人相接近，……紹興的婦女，至今還偶有搽粉穿紅之後，這才上吊的。自然，自殺是卑怯的行為，鬼魂報仇更不合於科學，但那些都是愚婦人，連字也不認識，敢請「前進」的文學家和「戰鬥」的勇士們不要十分生氣罷。我真怕你們要變呆鳥。

她將披著的頭髮向後一抖，人這才看清了臉孔：石灰一樣白的圓臉，漆黑的濃眉，烏黑的眼眶，猩紅的嘴唇。聽說浙東的有幾府的戲文裡，吊神又拖著幾寸長的假舌頭，但在紹興沒有。不是我袒護故鄉，我以為還是沒有好；那麼，比起現在將眼眶染成淡灰色的時式打扮來，可以說是更徹底，更可愛。不過下嘴角應該略略向上，使嘴巴成為三角形：這也不是醜模樣。假使半夜之後，在薄暗中，遠處隱約著一位這樣的粉面朱唇，就是現在的我，也許會跑過去看看的，但自然，卻未必就被誘惑得上吊。她兩肩微聳，四顧，傾聽，似驚，似喜，似怒，終於發出悲哀的聲音，慢慢地唱道：

「奴奴本是楊家女，

呵呀，苦呀，天哪！……」

下文我不知道了。就是這一句，也還是剛從克士那裡聽來的。但那大略，是說後來去做童養媳，備受虐待，終於弄到投繯。唱完就聽到遠處的哭聲，這也是一個女人，在銜冤悲泣，準備自殺。她萬分驚喜，要去「討替代」了，卻不料突然跳出「男吊」來，主張應該他去討。他們由爭論而至動武，女的當然不敵，幸而王靈官雖然臉相並不漂亮，卻是熱烈的女權擁護家，就在危急之際出現，一鞭把男吊打死，放女的獨去活動了。老年人告訴我說：古時候，是男女一樣的要上吊的，自從王靈官打死了男吊神，才少有男人上吊；而且古時候，是身上有七七四十九處，都可以吊死的，自從王靈官打死了男吊神，致命處才只在脖子上。中國的鬼有些奇怪，好像是做鬼之後，也還是要死的，那時的名稱，紹興叫作「鬼裡鬼」。但男吊既然早被王靈官打死，為什麼現在「跳吊」，還會引出真的來呢？我不懂這道理，問問老年人，他們也講說不明白。

而且中國的鬼還有一種壞脾氣，就是「討替代」，這才完全是利己主義；倘不然，是可以十分坦然的和他們相處的。習俗相沿，雖女吊不免，她有時也單是「討替代」，忘記了復仇。紹興煮飯，多用鐵鍋，燒的是柴或草，煙煤一厚，火力就不靈了，因此我們就常在地上看見刮下的鍋煤。但一定是散亂的，凡村姑鄉婦，誰也決不肯省些力，把鍋子伏在地面上，團團一刮，使煙煤落成一個黑圈子。這是因為吊神誘人的圈套，就用煤圈煉成的緣故。散掉煙煤，正是消極的抵制，不過為的是反對「討替代」，並非因為怕她去報仇。被壓迫者即使沒有報復的毒心，也決無被報復的恐懼，只有明明暗暗，吸血吃肉的兇手或其幫閒們，這才贈人以「犯而勿校」或「勿念舊惡」的格言，——我到今年，也愈加看透了這些人面東西的祕密。

九月十九——二十日。

從百草園到三味書屋

我家的後面有一個很大的園，相傳叫作百草園。現在是早已並屋子一起賣給朱文公的子孫了，連那最末次的相見也已經隔了七八年，其中似乎確鑿只有一些野草；但那時卻是我的樂園。

不必說碧綠的菜畦，光滑的石井欄，高大的皂莢樹，紫紅的桑椹；也不必說鳴蟬在樹葉裡長吟，肥胖的黃蜂伏在菜花上，輕捷的叫天子（雲雀）忽然從草間直竄向雲霄裡去了。單是周圍的短短的泥牆根一帶，就有無限趣味。油蛉在這裡低唱，蟋蟀們在這裡彈琴。翻開斷磚來，有時會遇見蜈蚣；還有斑蝥，倘若用手指按住它的脊梁，便會拍的一聲，從後竅噴出一陣煙霧。何首烏藤和木蓮藤纏絡著，木蓮有蓮房一般的果實，何首烏有擁腫的根。有人說，何首烏根是有像人形的，吃了便可以成仙，我於是常常拔它起來，牽連不斷地拔起來，也曾因此弄壞了泥牆，卻從來沒有見過有一塊根像人樣。如果不怕刺，還可以摘到覆盆子，像小珊瑚珠攢成的小球，又酸又甜，色味都比桑椹要好得遠。

長的草裡是不去的，因為相傳這園裡有一條很大的赤練蛇。

長媽媽曾經講給我一個故事聽：先前，有一個讀書人住在古廟裡用功，晚間，在院子裡納涼的時候，突然聽到有人在叫他。答應著，四面看時，卻見一個美女的臉露在牆頭上，向他一笑，隱去了。他很高興；但竟給那走來夜談的老和尚識破了機關。說他臉上有些妖氣，一定遇見「美女蛇」了；這是人首蛇身的怪物，能喚人名，倘一答應，夜間便要來吃這人的肉的。他自然嚇得要死，而那老和尚卻道無妨，給他一個小盒子，說只要放在枕邊，便可高枕而臥。他雖然照樣辦，卻總是睡不著，——當然睡不著的。到半夜，果然來了，沙沙沙！門外像是風雨聲。他正抖作一團時，卻聽得豁的一聲，一道金光從枕邊飛出，外面便什麼聲音也沒有了，那金光也就飛回來，斂在盒子裡。後來呢？後來，老和尚說，這是飛蜈蚣，它能吸蛇的腦髓，美女蛇就被它治死了。

結末的教訓是：所以倘有陌生的聲音叫你的名字，你萬不可答應他。

這故事很使我覺得做人之險，夏夜乘涼，往往有些擔心，不敢去看牆上，而且極想得到一盒老和尚那樣的飛蜈蚣。走到百草園的草叢旁邊時，也常常這樣想。但直到現在，總還是沒有得到，但也沒有遇見過赤練蛇和美女蛇。叫我名字的陌生聲音自然是常有的，然而都不是美女蛇。

冬天的百草園比較的無味；雪一下，可就兩樣了。拍雪人（將自己的全形印在雪上）和塑雪羅漢需要人們鑒賞，這是荒園，人跡罕至，所以不相宜，只好來捕鳥。薄薄的雪，是不行的；總須積雪蓋了地面一兩天，鳥雀們久已無處覓食的時候才好。掃開一塊雪，露出地面，用一枝短棒支起一面大的竹篩來，下面撒些秕穀，棒上繫一條長繩，人遠遠地牽著，看鳥雀下來啄食，走到竹篩底下的時候，將繩子一拉，便罩住了。但所得的是麻雀居多，也有白頰的「張飛鳥」，性子很躁，養不過夜的。

這是閏土的父親所傳授的方法，我卻不大能用。明明見它們進去了，拉了繩，跑去一看，卻什麼都沒有，費了半天力，捉住的不過三四隻。閏土的父親是小半天便能捕獲幾十隻，裝在叉袋裡叫著撞著的。我曾經問他得失的緣由，他只靜靜地笑道：你太性急，來不及等它走到中間去。

我不知道為什麼家裡的人要將我送進書塾裡去了，而且還是全城中稱為最嚴厲的書塾。也許是因為拔何首烏毀了泥牆罷，也許是因為將磚頭拋到間壁的梁家去了罷，也許是因為站在石井欄上跳了下來罷，……都無從知道。總而言之：我將不能常到百草園了。Ade，我的蟋蟀們！Ade，我的覆盆子們和木蓮們！……

出門向東，不上半裡，走過一道石橋，便是我的先生的家了。從一扇黑油的竹門進去，第三間是書房。中間掛著一塊扁道：三味書屋；扁下面是一幅畫，畫著一隻很肥大的梅花鹿伏在古樹下。沒有孔子牌位，我們便對著那扁和鹿行禮。第一次算是拜孔子，第二次算是拜先生。

第二次行禮時，先生便和藹地在一旁答禮。他是一個高而瘦的老人，鬚髮都花白了，還戴著大眼鏡。我對他很恭敬，因為我早聽到，他是本城中極方正，質樸，博學的人。

不知從那裡聽來的，東方朔也很淵博，他認識一種蟲，名曰「怪哉」，冤氣所化，用酒一澆，就消釋了。我很想詳細地知道這故事，但阿長是不知道的，因為她畢竟不淵博。現在得到機會了，可以問先生。

「先生，『怪哉』這蟲，是怎麼一回事？……」我上了生書，將要退下來的時候，趕忙問。

「不知道！」他似乎很不高興，臉上還有怒色了。

我才知道做學生是不應該問這些事的，只要讀書，因為他是淵博的宿儒，決不至於不知道，所謂不知道者，乃是不願意說。年紀比我大的人，往往如此，我遇見過好幾回了。

我就只讀書，正午習字，晚上對課。先生最初這幾天對我很嚴厲，後來卻好起來了，不過給我讀的書漸漸加多，對課也漸漸地加上字去，從三言到五言，終於到七言。

三味書屋後面也有一個園，雖然小，但在那裡也可以爬上花壇去折蠟梅花，在地上或桂花樹上尋蟬蛻。最好的工作是捉了蒼蠅喂螞蟻，靜悄悄地沒有聲音。然而同窗們到園裡的太多，太久，可就不行了，先生在書房裡便大叫起來：

「人都到那裡去了？！」

人們便一個一個陸續走回去；一同回去，也不行的。他有一條戒尺，但是不常用，也有罰跪的規則，但也不常用，普通總不過瞪幾眼，大聲道：

「讀書！」

於是大家放開喉嚨讀一陣書，真是人聲鼎沸。有念「仁遠乎哉我欲仁斯仁至矣」的，有念「笑人齒缺曰狗竇大開」的，有念「上九潛龍勿用」的，有念「厥土下上上錯厥貢苞茅橘柚」的……。先生自己也念書。後來，我們的聲音便低下去，靜下去了，只有他還大聲朗讀著：

「鐵如意，指揮倜儻，一座皆驚呢～～；金叵羅，顛倒淋漓噫，千杯未醉呵～～……。」

我疑心這是極好的文章，因為讀到這裡，他總是微笑起來，而且將頭仰起，搖著，向後面拗過去，拗過去。

先生讀書入神的時候，於我們是很相宜的。有幾個便用紙糊的盔甲套在指甲上做戲。我是畫畫兒，用一種叫作「荊川紙」的，蒙在小說的繡像上一個個描下來，像習字時候的影寫一樣。讀的書多起來，畫的畫也多起來；書沒有讀成，畫的成績卻不少了，最成片段的是《蕩寇志》和《西遊記》的繡像，都有一大本。後來，因為要錢用，賣給一個有錢的同窗了。他的父親是開錫箔店的；聽說現在自己已經做了店主，而且快要升到紳士的地位了。這東西早已沒有了罷。

九月十八日。

父親的病

大約十多年前罷，S城中曾經盛傳過一個名醫的故事：

他出診原來是一元四角，特拔十元，深夜加倍，出城又加倍。有一夜，一家城外人家的閨女生急病，來請他了，因為他其時已經闊得不耐煩，便非一百元不去。他們只得都依他。待去時，卻只是草草地一看，說道「不要緊的」，開一張方，拿了一百元就走。那病家似乎很有錢，第二天又來請了。他一到門，只見主人笑面承迎，道，「昨晚服了先生的藥，好得多了，所以再請你來復診一回。」仍舊引到房裡，老媽子便將病人的手拉出帳外來。他一按，冷冰冰的，也沒有脈，於是點點頭道，「唔，這病我明白了。」從從容容走到桌前，取了藥方紙，提筆寫道：

「憑票付英洋壹百元正。」下面是署名，畫押。

「先生，這病看來很不輕了，用藥怕還得重一點罷。」主人在背後說。

「可以，」他說。於是另開了一張方：

「憑票付英洋貳百元正。」下面仍是署名，畫押。

這樣，主人就收了藥方，很客氣地送他出來了。

我曾經和這名醫周旋過兩整年，因為他隔日一回，來診我的父親的病。那時雖然已經很有名，但還不至於闊得這樣不耐煩；可是診金卻已經是一元四角。現在的都市上，診金一次十元並不算奇，可是那時是一元四角已是鉅款，很不容易張羅的了；又何況是隔日一次。他大概的確有些特別，據輿論說，用藥就與眾不同。我不知道藥品，所覺得的，就是「藥引」的難得，新方一換，就得忙一大場。先買藥，再尋藥引。「生薑」兩片，竹葉十片去尖，他是不用的了。起碼是蘆根，須到河邊去掘；一到經霜三年的甘蔗，便至少也得搜尋兩三天。可是說也奇怪，大約後來總沒有購求不到的。

據輿論說，神妙就在這地方。先前有一個病人，百藥無效；待到遇見了什麼葉天士先生，只在舊方上加了一味藥引：梧桐葉。只一服，便霍然而愈了。「醫者，意也。」其時是秋天，而梧桐先知秋氣。其先百藥不投，今以秋氣動之，以氣感氣，所以……。我雖然並不了然，但也十分佩服，知道凡有靈藥，一定是很不容易得到的，求仙的人，甚至於還要拼了性命，跑進深山裡去採呢。

這樣有兩年，漸漸地熟識，幾乎是朋友了。父親的水腫是逐日利害，將要不能起床；我對於經霜三年的甘蔗之流也逐漸失了信仰，採辦藥引似乎再沒有先前一般踴躍了。正在這時候，他有一天來診，問過病狀，便極其誠懇地說：

「我所有的學問，都用盡了。這裡還有一位陳蓮河先生，本領比我高。我薦他來看一看，我可以寫一封信。可是，病是不要緊的，不過經他的手，可以格外好得快……。」

這一天似乎大家都有些不歡，仍然由我恭敬地送他上轎。進來時，看見父親的臉色很異樣，和大家談論，大意是說自己的病大概沒有希望的了；他因為看了兩年，毫無效驗，臉又太熟了，未免有些難以為情，所以等到危急時候，便薦一個生手自代，和自己完全脫了干係。但另外有什麼法子呢？本城的名醫，除他之外，實在也只有一個陳蓮河了。明天就請陳蓮河。

陳蓮河的診金也是一元四角。但前回的名醫的臉是圓而胖的，他卻長而胖了：這一點頗不同。還有用藥也不同，前回的名醫是一個人還可以辦的，這一回卻是一個人有些辦不妥帖了，因為他一張藥方上，總兼有一種特別的丸散和一種奇特的藥引。

蘆根和經霜三年的甘蔗，他就從來沒有用過。最平常的是「蟋蟀一對」，旁注小字道：「要原配，即本在一窠中者。」似乎昆蟲也要貞節，續弦或再醮，連做藥資格也喪失了。但這差使在我並不為難，走進百草園，十對也容易得，將它們用線一縛，活活地擲入沸湯中完事。然而還有「平地木十株」呢，這可誰也不知道是什麼東西了，問藥店，問鄉下人，問賣草藥的，問老年人，問讀書人，問木匠，都只是搖搖頭，臨末才記起了那遠房的叔祖，愛種一點花木的老人，跑去一問，他果然知道，是生在山中樹下的一種小樹，能結紅子如小珊瑚珠的，普通都稱為「老弗大」。

「踏破鐵鞋無覓處，得來全不費工夫。」藥引尋到了，然而還有一種特別的丸藥：敗鼓皮丸。這「敗鼓皮丸」就是用打破的舊鼓皮做成；水腫一名鼓脹，一用打破的鼓皮自然就可以克伏他。清朝的剛毅因為憎恨「洋鬼子」，預備打他們，練了些兵稱作「虎神營」，取虎能食羊，神能伏鬼的意思，也就是這道理。可惜這一種神藥，全城中只有一家出售的，離我家就有五里，但這卻不像平地木那樣，必須暗中摸索了，陳蓮河先生開方之後，就懇切詳細地給我們說明。

「我有一種丹，」有一回陳蓮河先生說，「點在舌上，我想一定可以見效。因為舌乃心之靈苗……。價錢也並不貴，只要兩塊錢一盒……。」

我父親沉思了一會，搖搖頭。

「我這樣用藥還會不大見效，」有一回陳蓮河先生又說，「我想，可以請人看一看，可有什麼冤愆……。醫能醫病，不能醫命，對不對？自然，這也許是前世的事……。」

我的父親沉思了一會，搖搖頭。

凡國手，都能夠起死回生的，我們走過醫生的門前，常可以看見這樣的扁額。現在是讓步一點了，連醫生自己也說道：「西醫長於外科，中醫長於內科。」但是S城那時不但沒有西醫，並且誰也還沒有想到天下有所謂西醫，因此無論什麼都只能由軒轅岐伯的嫡派門徒包辦。軒轅時候是巫醫不分的，所以直到現在，他的門徒就還見鬼，而且覺得「舌乃心之靈苗」。這就是中國人的「命」，連名醫也無從醫治的。

不肯用靈丹點在舌頭上，又想不出「冤愆」來，自然，單吃了一百多天的「敗鼓皮丸」有什麼用呢？依然打不破水腫，父親終於躺在床上喘氣了。還請一回陳蓮河先生，這回是特拔，大洋十元。他仍舊泰然的開了一張方，但已停止敗鼓皮丸不用，藥引也不很神妙了，所以只消半天，藥就煎好，灌下去，卻從口角上回了出來。

從此我便不再和陳蓮河先生周旋，只在街上有時看見他坐在三名轎夫的快轎裡飛一般抬過；聽說他現在還康健，一面行醫，一面還做中醫什麼學報，正在和只長於外科的西醫奮鬥哩。

中西的思想確乎有一點不同。聽說中國的孝子們，一到將要「罪孽深重禍延父母」的時候，就買幾斤人參，煎湯灌下去，希望父母多喘幾天氣，即使半天也好。我的一位教醫學的先生卻教給我醫生的職務道：可醫的應該給他醫治，不可醫的應該給他死得沒有痛苦。——但這先生自然是西醫。

父親的喘氣頗長久，連我也聽得很吃力，然而誰也不能幫助他。我有時竟至於電光一閃似的想道：「還是快一點喘完了罷……。」立刻覺得這思想就不該，就是犯了罪；但同時又覺得這思想實在是正當的，我很愛我的父親。便是現在，也還是這樣想。

早晨，住在一門裡的衍太太進來了。她是一個精通禮節的婦人，說我們不應該空等著。於是給他換衣服；又將紙錠和一種什麼《高王經》燒成灰，用紙包了給他捏在拳頭裡……。

「叫呀，你父親要斷氣了。快叫呀！」衍太太說。

「父親！父親！」我就叫起來。

「大聲！他聽不見。還不快叫？！」

「父親！！！父親！！！」

他已經平靜下去的臉，忽然緊張了，將眼微微一睜，仿佛有一些苦痛。

「叫呀！快叫呀！」她催促說。

「父親！！！」

「什麼呢？……不要嚷。……不……。」他低低地說，又較急地喘著氣，好一會，這才了復原狀，平靜下去了。

「父親！！！」我還叫他，一直到他咽了氣。

我現在還聽到那時的自己的這聲音，每聽到時，就覺得這卻是我對於父親的最大的錯處。

十月七日。

瑣記

衍太太現在是早經做了祖母，也許竟做了曾祖母了；那時卻還年青，只有一個兒子比我大三四歲。她對自己的兒子雖然狠，對別家的孩子卻好的，無論鬧出什麼亂子來，也決不去告訴各人的父母，因此我們就最願意在她家裡或她家的四近玩。

舉一個例說罷，冬天，水缸裡結了薄冰的時候，我們大清早起一看見，便吃冰。有一回給沈四太太看到了，大聲說道：「莫吃呀，要肚子疼的呢！」這聲音又給我母親聽到了，跑出來我們都挨了一頓罵，並且有大半天不准玩。我們推論禍首，認定是沈四太太，於是提起她就不用尊稱了，給她另外起了一個綽號，叫作「肚子疼」。

衍太太卻決不如此。假如她看見我們吃冰，一定和藹地笑著說，「好，再吃一塊。我記著，看誰吃的多。」

但我對於她也有不滿足的地方。一回是很早的時候了，我還很小，偶然走進她家去，她正在和她的男人看書。我走近去，她便將書塞在我的眼前道，「你看，你知道這是什麼？」我看那書上畫著房屋，有兩個人光著身子仿佛在打架，但又不很像。正遲疑間，他們便大笑起來了。這使我很不高興，似乎受了一個極大的侮辱，不到那裡去大約有十多天。一回是我已經十多歲了，和幾個孩子比賽打鏇子，看誰旋得多。她就從旁計著數，說道，「好，八十二個了！再旋一個，八十三！好，八十四！……」但正在旋著的阿祥，忽然跌倒了，阿祥的嬸母也恰恰走進來。她便接著說道，「你看，不是跌了麼？不聽我的話。我叫你不要旋，不要旋……。」

雖然如此，孩子們總還喜歡到她那裡去。假如頭上碰得腫了一大塊的時候，去尋母親去罷，好的是罵一通，再給擦一點藥；壞的是沒有藥擦，還添幾個栗鑿和一通罵。衍太太卻決不埋怨，立刻給你用燒酒調了水粉，搽在疙瘩上，說這不但止痛，將來還沒有瘢痕。

父親故去之後，我也還常到她家裡去，不過已不是和孩子們玩耍了，卻是和衍太太或她的男人談閒天。我其時覺得很有許多東西要買，看的和吃的，只是沒有錢。有一天談到這裡，她便說道，「母親的錢，你拿來用就是了，還不就是你的麼？」我說母親沒有錢，她就說可以拿首飾去變賣；我說沒有首飾，她卻道，「也許你沒有留心。到大廚的抽屜裡，角角落落去尋去，總可以尋出一點珠子這類東西……。」

這些話我聽去似乎很異樣，便又不到她那裡去了，但有時又真想去打開大廚，細細地尋一尋。大約此後不到一月，就聽到一種流言，說我已經偷了家裡的東西去變賣了，這實在使我覺得有如掉在冷水裡。流言的來源，我是明白的，倘是現在，只要有地方發表，我總要罵出流言家的狐狸尾巴來，但那時太年青，一遇流言，便連自己也仿佛覺得真是犯了罪，怕遇見人們的眼睛，怕受到母親的愛撫。

好。那麼，走罷！

但是，那裡去呢？S城人的臉早經看熟，如此而已，連心肝也似乎有些了然。總得尋別一類人們去，去尋為S城人所詬病的人們，無論其為畜生或魔鬼。那時為全城所笑　的是一個開得不久的學校，叫作中西學堂，漢文之外，又教些洋文和算學。然而已經成為眾矢之的了；熟讀聖賢書的秀才們，還集了「四書」的句子，做一篇八股來嘲誚它，這名文便即傳遍了全城，人人當作有趣的話柄。我只記得那「起講」的開頭是：

「徐子以告夷子曰：吾聞用夏變夷者，未聞變於夷者也。今也不然：舌之音，聞其聲，皆雅言也。……」

以後可忘卻了，大概也和現今的國粹保存大家的議論差不多。但我對於這中西學堂，卻也不滿足，因為那裡面只教漢文，算學，英文和法文。功課較為別致的，還有杭州的求是書院，然而學費貴。

無須學費的學校在南京，自然只好往南京去。第一個進去的學校，目下不知道稱為什麼了，光復以後，似乎有一時稱為雷電學堂，很像《封神榜》上「太極陣」「混元陣」一類的名目。總之，一進儀鳳門，便可以看見它那二十丈高的桅杆和不知多高的煙通。功課也簡單，一星期中，幾乎四整天是英文：「It is a cat.」「Is it a rat?」一整天是讀漢文：「君子曰，潁考叔可謂純孝也已矣，愛其母，施及莊公。」一整天是做漢文：《知己知彼百戰百勝論》《潁考叔論》《雲從龍風從虎論》《咬得菜根則百事可做論》。

初進去當然只能做三班生，臥室裡是一桌一凳一床，床板只有兩塊。頭二班學生就不同了，二桌二凳或三凳一床，床板多至三塊。不但上講堂時挾著一堆厚而且大的洋書，氣昂昂地走著，決非只有一本「潑賴媽」和四本《左傳》的三班生所敢正視；便是空著手，也一定將肘彎撐開，像一隻螃蟹，低一班的在後面總不能走出他之前。這一種螃蟹式的名公巨卿，現在都闊別得很久了，前四五年，竟在教育部的破腳躺椅上，發見了這姿勢，然而這位老爺卻並非雷電學堂出身的，可見螃蟹態度，在中國也頗普遍。

可愛的是桅杆。但並非如「東鄰」的「支那通」所說，因為它「挺然翹然」，又是什麼的象徵。乃是因為它高，烏鴉喜鵲，都只能停在它的半途的木盤上。人如果爬到頂，便可以近看獅子山，遠眺莫愁湖，——但究竟是否真可以眺得那麼遠，我現在可委實有點記不清楚了。而且不危險，下面張著網，即使跌下來，也不過如一條小魚落在網子裡；況且自從張網以後，聽說也還沒有人曾經跌下來。

原先還有一個池，給學生學游泳的，這裡面卻淹死了兩個年幼的學生。當我進去時，早填平了，不但填平，上面還造了一所小小的關帝廟。廟旁是一座焚化字紙的磚爐，爐口上方橫寫著四個大字道：「敬惜字紙」。只可惜那兩個淹死鬼失了池子，難討替代，總在左近徘徊，雖然已有「伏魔大帝關聖帝君」鎮壓著。

辦學的人大概是好心腸的，所以每年七月十五，總請一群和尚到雨天操場來放焰口，一個紅鼻而胖的大和尚戴上毗盧帽，捏訣，念咒：「回資羅，普彌耶吽，唵耶吽！唵！耶！吽！！！」

我的前輩同學被關聖帝君鎮壓了一整年，就只在這時候得到一點好處，——雖然我並不深知是怎樣的好處。所以當這些時，我每每想：做學生的，總得自己小心些。

總覺得不大合適，可是無法形容出這不合適來。現在是發見了大致相近的字眼了，「烏煙瘴氣」，庶幾乎其可也。只得走開。近來是單是走開也就不容易，「正人君子」者流會說你罵人罵到了聘書，或者是發「名士」脾氣，給你幾句正經的俏皮話。不過那時還不打緊，學生所得的津貼，第一年不過二兩銀子，最初三個月的試習期內是零用五百文。

於是毫無問題，去考礦路學堂去了，也許是礦路學堂，已經有些記不真，文憑又不在手頭，更無從查考。試驗並不難，錄取的。

這回不是It is a cat了，是Der Mann，Das Weib，Das Kind。漢文仍舊是「穎考叔可謂純孝也已矣」，但外加《小學集注》。論文題目也小有不同，譬如《工欲善其事必先利其器論》，是先前沒有做過的。

此外還有所謂格致，地學，金石學，……都非常新鮮。但是還得聲明：後兩項，就是現在之所謂地質學和礦物學，並非講輿地和鐘鼎碑版的。只是畫鐵軌橫斷面圖卻有些麻煩，平行線尤其討厭。但第二年的總辦是一個新黨，他坐在馬車上的時候大抵看著《時務報》，考漢文也自己出題目，和教員出的很不同。有一次是《華盛頓論》，漢文教員反而惴惴地來問我們道：「華盛頓是什麼東西呀？……」

看新書的風氣便流行起來，我也知道了中國有一部書叫《天演論》。星期日跑到城南去買了來，白紙石印的一厚本，價五百文正。翻開一看，是寫得很好的字，開首便道：

「赫胥黎獨處一室之中，在英倫之南，背山而面野，檻外諸境，歷歷如在機下。乃懸想二千年前，當羅馬大將愷徹未到時，此間有何景物？計惟有天造草昧……」

哦！原來世界上竟還有一個赫胥黎坐在書房裡那麼想，而且想得那麼新鮮？一口氣讀下去，「物競」「天擇」也出來了，蘇格拉第，柏拉圖也出來了，斯多噶也出來了。學堂裡又設立了一個閱報處，《時務報》不待言，還有《譯學彙編》，那書面上的張廉卿一流的四個字，就藍得很可愛。

「你這孩子有點不對了，拿這篇文章去看去，抄下來去看去。」一位本家的老輩嚴肅地對我說，而且遞過一張報紙來。接來看時，「臣許應騤跪奏……」，那文章現在是一句也不記得了，總之是參康有為變法的；也不記得可曾抄了沒有。

仍然自己不覺得有什麼「不對」，一有閒空，就照例地吃侉餅，花生米，辣椒，看《天演論》。

但我們也曾經有過一個很不平安的時期。那是第二年，聽說學校就要裁撤了。這也無怪，這學堂的設立，原是因為兩江總督（大約是劉坤一罷）聽到青龍山的煤礦出息好，所以開手的。待到開學時，煤礦那面卻已將原先的技師辭退，換了一個不甚了然的人了。理由是：一、先前的技師薪水太貴；二、他們覺得開煤礦並不難。

於是不到一年，就連煤在那裡也不甚了然起來，終於是所得的煤，只能供燒那兩架抽水機之用，就是抽了水掘煤，掘出煤來抽水，結一筆出入兩清的賬。既然開礦無利，礦路學堂自然也就無須乎開了，但是不知怎的，卻又並不裁撤。到第三年我們下礦洞去看的時候，情形實在頗淒涼，抽水機當然還在轉動，礦洞裡積水卻有半尺深，上面也點滴而下，幾個礦工便在這裡面鬼一般工作著。

畢業，自然大家都盼望的，但一到畢業，卻又有些爽然若失。爬了幾次桅，不消說不配做半個水兵；聽了幾年講，下了幾回礦洞，就能掘出金銀銅鐵錫來麼？實在連自己也茫無把握，沒有做《工欲善其事必先利其器論》的那麼容易。爬上天空二十丈和鑽下地面二十丈，結果還是一無所能，學問是「上窮碧落下黃泉，兩處茫茫皆不見」了。所餘的還只有一條路：到外國去。

留學的事，官僚也許可了，派定五名到日本去。其中的一個因為祖母哭得死去活來，不去了，只剩了四個。日本是同中國很兩樣的，我們應該如何準備呢？有一個前輩同學在，比我們早一年畢業，曾經遊歷過日本，應該知道些情形。跑去請教之後，他鄭重地說：

「日本的襪是萬不能穿的，要多帶些中國襪。我看紙票也不好，你們帶去的錢不如都換了他們的現銀。」

四個人都說遵命。別人不知其詳，我是將錢都在上海換了日本的銀元，還帶了十雙中國襪——白襪。

後來呢？後來，要穿制服和皮鞋，中國襪完全無用；一元的銀圓日本早已廢置不用了，又賠錢換了半元的銀圓和紙票。

十月八日。

藤野先生

東京也無非是這樣。上野的櫻花爛熳的時節，望去確也像緋紅的輕雲，但花下也缺不了成群結隊的「清國留學生」的速成班，頭頂上盤著大辮子，頂得學生制帽的頂上高高聳起，形成一座富士山。也有解散辮子，盤得平的，除下帽來，油光可鑒，宛如小姑娘的髮髻一般，還要將脖子扭幾扭。實在標緻極了。

中國留學生會館的門房裡有幾本書買，有時還值得去一轉；倘在上午，裡面的幾間洋房裡倒也還可以坐坐的。但到傍晚，有一間的地板便常不免要咚咚咚地響得震天，兼以滿房煙塵鬥亂；問問精通時事的人，答道，「那是在學跳舞。」

到別的地方去看看，如何呢？

我就往仙台的醫學專門學校去。從東京出發，不久便到一處驛站，寫道：日暮里。不知怎地，我到現在還記得這名目。其次卻只記得水戶了，這是明的遺民朱舜水先生客死的地方。仙台是一個市鎮，並不大；冬天冷得利害；還沒有中國的學生。

大概是物以希為貴罷。北京的白菜運往浙江，便用紅頭繩繫住菜根，倒掛在水果店頭，尊為「膠菜」；福建野生著的蘆薈，一到北京就請進溫室，且美其名曰「龍舌蘭」。我到仙台也頗受了這樣的優待，不但學校不收學費，幾個職員還為我的食宿操心。我先是住在監獄旁邊一個客店裡的，初冬已經頗冷，蚊子卻還多，後來用被蓋了全身，用衣服包了頭臉，只留兩個鼻孔出氣。在這呼吸不息的地方，蚊子竟無從插嘴，居然睡安穩了。飯食也不壞。但一位先生卻以為這客店也包辦囚人的飯食，我住在那裡不相宜，幾次三番，幾次三番地說。我雖然覺得客店兼辦囚人的飯食和我不相干，然而好意難卻，也只得別尋相宜的住處了。於是搬到別一家，離監獄也很遠，可惜每天總要喝難以下嚥的芋梗湯。

從此就看見許多陌生的先生，聽到許多新鮮的講義。解剖學是兩個教授分任的。最初是骨學。其時進來的是一個黑瘦的先生，八字鬚，戴著眼鏡，挾著一疊大大小小的書。一將書放在講臺上，便用了緩慢而很有頓挫的聲調，向學生介紹自己道：

「我就是叫作藤野嚴九郎的……。」

後面有幾個人笑起來了。他接著便講述解剖學在日本發達的歷史，那些大大小小的書，便是從最初到現今關於這一門學問的著作。起初有幾本是線裝的；還有翻刻中國譯本的，他們的翻譯和研究新的醫學，並不比中國早。

那坐在後面發笑的是上學年不及格的留級學生，在校已經一年，掌故頗為熟悉的了。他們便給新生講演每個教授的歷史。這藤野先生，據說是穿衣服太模糊了，有時竟會忘記帶領結；冬天是一件舊外套，寒顫顫的，有一回上火車去，致使管車的疑心他是扒手，叫車裡的客人大家小心些。

他們的話大概是真的，我就親見他有一次上講堂沒有帶領結。

過了一星期，大約是星期六，他使助手來叫我了。到得研究室，見他坐在人骨和許多單獨的頭骨中間，——他其時正在研究著頭骨，後來有一篇論文在本校的雜誌上發表出來。

「我的講義，你能抄下來麼？」他問。

「可以抄一點。」

「拿來我看！」

我交出所抄的講義去，他收下了，第二三天便還我，並且說，此後每一星期要送給他看一回。我拿下來打開看時，很吃了一驚，同時也感到一種不安和感激。

原來我的講義已經從頭到末，都用紅筆添改過了，不但增加了許多脫漏的地方，連文法的錯誤，也都一一訂正。這樣一直繼續到教完了他所擔任的功課：骨學，血管學，神經學。

可惜我那時太不用功，有時也很任性。還記得有一回藤野先生將我叫到他的研究室裡，翻出我那講義上的一個圖，是下臂的血管，指著，向我和藹的說道：

「你看，你將這條血管移了一點位置了。——自然，這樣一移，的確比較的好看些，然而解剖圖不是美術，實物是那麼樣的，我們沒法改換它。現在我給你改好了，以後你要全照著黑板上那樣的畫。」

但是我還不服氣，口頭答應著，心裡卻想道：

「圖還是我畫的不錯；至於實在的情形，我心裡自然記得的。」

學年試驗完畢之後，我便到東京玩了一夏天，秋初再回學校，成績早已發表了，同學一百餘人之中，我在中間，不過是沒有落第。這回藤野先生所擔任的功課，是解剖實習和局部解剖學。

解剖實習了大概一星期，他又叫我去了，很高興地，仍用了極有抑揚的聲調對我說道：

「我因為聽說中國人是很敬重鬼的，所以很擔心，怕你不肯解剖屍體。現在總算放心了，沒有這回事。」

但他也偶有使我很為難的時候。他聽說中國的女人是裹腳的，但不知道詳細，所以要問我怎麼裹法，足骨變成怎樣的畸形，還嘆息道，「總要看一看才知道。究竟是怎麼一回事呢？」

有一天，本級的學生會幹事到我寓裡來了，要借我的講義看。我檢出來交給他們，卻只翻檢了一通，並沒有帶走。但他們一走，郵差就送到一封很厚的信，拆開看時，第一句是：

「你改悔罷！」

這是《新約》上的句子罷，但經托爾斯泰新近引用過的。其時正值日俄戰爭，托老先生便寫了一封給俄國和日本的皇帝的信，開首便是這一句。日本報紙上很斥責他的不遜，愛國青年也憤然，然而暗地裡卻早受了他的影響了。其次的話，大略是說上年解剖學試驗的題目，是藤野先生在講義上做了記號，我預先知道的，所以能有這樣的成績。末尾是匿名。

我這才回憶到前幾天的一件事。因為要開同級會，幹事便在黑板上寫廣告，末一句是「請全數到會勿漏為要」，而且在「漏」字旁邊加了一個圈。我當時雖然覺到圈得可笑，但是毫不介意，這回才悟出那字也在譏刺我了，猶言我得了教員漏泄出來的題目。

我便將這事告知了藤野先生；有幾個和我熟識的同學也很不平，一同去詰責幹事託辭檢查的無禮，並且要求他們將檢查的結果，發表出來。終於這流言消滅了，幹事卻又竭力運動，要收回那一封匿名信去。結末是我便將這托爾斯泰式的信退還了他們。

中國是弱國，所以中國人當然是低能兒，分數在六十分以上，便不是自己的能力了：也無怪他們疑惑。但我接著便有參觀槍斃中國人的命運了。第二年添教黴菌學，細菌的形狀是全用電影來顯示的，一段落已完而還沒有到下課的時候，便影幾片時事的片子，自然都是日本戰勝俄國的情形。但偏有中國人夾在裡邊：給俄國人做偵探，被日本軍捕獲，要槍斃了，圍著看的也是一群中國人；在講堂裡的還有一個我。

「萬歲！」他們都拍掌歡呼起來。

這種歡呼，是每看一片都有的，但在我，這一聲卻特別聽得刺耳。此後回到中國來，我看見那些閒看槍斃犯人的人們，他們也何嘗不酒醉似的喝采，——嗚呼，無法可想！但在那時那地，我的意見卻變化了。

到第二學年的終結，我便去尋藤野先生，告訴他我將不學醫學，並且離開這仙台。他的臉色彷彿有些悲哀，似乎想說話，但竟沒有說。

「我想去學生物學，先生教給我的學問，也還有用的。」其實我並沒有決意要學生物學，因為看得他有些淒然，便說了一個慰安他的謊話。

「為醫學而教的解剖學之類，怕於生物學也沒有什麼大幫助。」他嘆息說。

將走的前幾天，他叫我到他家裡去，交給我一張照相，後面寫著兩個字道：「惜別」，還說希望將我的也送他。但我這時適值沒有照相了；他便叮囑我將來照了寄給他，並且時時通信告訴他此後的狀況。

我離開仙台之後，就多年沒有照過相，又因為狀況也無聊，說起來無非使他失望，便連信也怕敢寫了。經過的年月一多，話更無從說起，所以雖然有時想寫信，卻又難以下筆，這樣的一直到現在，竟沒有寄過一封信和一張照片。從他那一面看起來，是一去之後，杳無消息了。

但不知怎地，我總還時時記起他，在我所認為我師的之中，他是最使我感激，給我鼓勵的一個。有時我常常想：他的對於我的熱心的希望，不倦的教誨，小而言之，是為中國，就是希望中國有新的醫學；大而言之，是為學術，就是希望新的醫學傳到中國去。他的性格，在我的眼裡和心裡是偉大的，雖然他的姓名並不為許多人所知道。

他所改正的講義，我曾經訂成三厚本，收藏著的，將作為永久的紀念。不幸七年前遷居的時候，中途毀壞了一口書箱，失去半箱書，恰巧這講義也遺失在內了。責成運送局去找尋，寂無回信。只有他的照相至今還掛在我北京寓居的東牆上，書桌對面。每當夜間疲倦，正想偷懶時，仰面在燈光中瞥見他黑瘦的面貌，似乎正要說出抑揚頓挫的話來，便使我忽又良心發現，而且增加勇氣了，於是點上一枝煙，再繼續寫些為「正人君子」之流所深惡痛疾的文字。

十月十二日。

范愛農

在東京的客店裡，我們大抵一起來就看報。學生所看的多是《朝日新聞》和《讀賣新聞》，專愛打聽社會上瑣事的就看《二六新聞》。一天早晨，劈頭就看見一條從中國來的電報，大概是：

「安徽巡撫恩銘被 Jo Shiki Rin 刺殺，刺客就擒。」

大家一怔之後，便容光煥發地互相告語，並且研究這刺客是誰，漢字是怎樣三個字。但只要是紹興人，又不專看教科書的，卻早已明白了。這是徐錫麟，他留學回國之後，在做安徽候補道，辦著巡警事務，正合於刺殺巡撫的地位。

大家接著就預測他將被極刑，家族將被連累。不久，秋瑾姑娘在紹興被殺的消息也傳來了，徐錫麟是被挖了心，給恩銘的親兵炒食淨盡。人心很憤怒。有幾個人便祕密地開一個會，籌集川資；這時用得著日本浪人了，撕烏賊魚下酒，慷慨一通之後，他便登程去接徐伯蓀的家屬去。

照例還有一個同鄉會，吊烈士，罵滿洲；此後便有人主張打電報到北京，痛斥滿政府的無人道。會眾即刻分成兩派：一派要發電，一派不要發。我是主張發電的，但當我說出之後，即有一種鈍滯的聲音跟著起來：

「殺的殺掉了，死的死掉了，還發什麼屁電報呢。」

這是一個高大身材，長頭髮，眼球白多黑少的人，看人總像在渺視。他蹲在席子上，我發言大抵就反對；我早覺得奇怪，注意著他的了，到這時才打聽別人：說這話的是誰呢，有那麼冷？認識的人告訴我說：他叫范愛農，是徐伯蓀的學生。

我非常憤怒了，覺得他簡直不是人，自己的先生被殺了，連打一個電報還害怕，於是便堅執地主張要發電，同他爭起來。結果是主張發電的居多數，他屈服了。其次要推出人來擬電稿。

「何必推舉呢？自然是主張發電的人囉～～～。」他說。

我覺得他的話又在針對我，無理倒也並非無理的。但我便主張這一篇悲壯的文章必須深知烈士生平的人做，因為他比別人關係更密切，心裡更悲憤，做出來就一定更動人。於是又爭起來。結果是他不做，我也不做，不知誰承認做去了；

其次是大家走散，只留下一個擬稿的和一兩個幹事，等候做好之後去拍發。

從此我總覺得這范愛農離奇，而且很可惡。天下可惡的人，當初以為是滿人，這時才知道還在其次；第一倒是范愛農。中國不革命則已，要革命，首先就必須將范愛農除去。

然而這意見後來似乎逐漸淡薄，到底忘卻了，我們從此也沒有再見面。直到革命的前一年，我在故鄉做教員，大概是春末時候罷，忽然在熟人的客座上看見了一個人，互相熟視了不過兩三秒鐘，我們便同時說：

「哦哦，你是范愛農！」

「哦哦，你是魯迅！」

不知怎地我們便都笑了起來，是互相的嘲笑和悲哀。他眼睛還是那樣，然而奇怪，只這幾年，頭上卻有了白髮了，但也許本來就有，我先前沒有留心到。他穿著很舊的布馬褂，破布鞋，顯得很寒素。談起自己的經歷來，他說他後來沒有了學費，不能再留學，便回來了。回到故鄉之後，又受著輕蔑，排斥，迫害，幾乎無地可容。現在是躲在鄉下，教著幾個小學生糊口。但因為有時覺得很氣悶，所以也趁了航船進城來。

他又告訴我現在愛喝酒，於是我們便喝酒。從此他每一進城，必定來訪我，非常相熟了。我們醉後常談些愚不可及的瘋話，連母親偶然聽到了也發笑。一天我忽而記起在東京開同鄉會時的舊事，便問他：

「那一天你專門反對我，而且故意似的，究竟是什麼緣故呢？」

「你還不知道？我一向就討厭你的，——不但我，我們。」

「你那時之前，早知道我是誰麼？」

「怎麼不知道。我們到橫濱，來接的不就是子英和你麼？你看不起我們，搖搖頭，你自己還記得麼？」

我略略一想，記得的，雖然是七八年前的事。那時是子英來約我的，說到橫濱去接新來留學的同鄉。汽船一到，看見一大堆，大概一共有十多人，一上岸便將行李放到稅關上去候查檢，關吏在衣箱中翻來翻去，忽然翻出一雙繡花的弓鞋來，便放下公事，拿著子細地看。我很不滿，心裡想，這些鳥男人，怎麼帶這東西來呢。自己不注意，那時也許就搖了搖頭。檢驗完畢，在客店小坐之後，即須上火車。不料這一群讀書人又在客車上讓起坐位來了，甲要乙坐在這位上，乙要丙去坐，揖讓未終，火車已開，車身一搖，即刻跌倒了三四個。我那時也很不滿，暗地裡想：連火車上的坐位，他們也要分出尊卑來……。自己不注意，也許又搖了搖頭。然而那群雍容揖讓的人物中就有范愛農，卻直到這一天才想到。豈但他呢，說起來也慚愧，這一群裡，還有後來在安徽戰死的陳伯平烈士，被害的馬宗漢烈士；被囚在黑獄裡，到革命後才見天日而身上永帶著匪刑的傷痕的也還有一兩人。而我都茫無所知，搖著頭將他們一併運上東京了。徐伯蓀雖然和他們同船來，卻不在這車上，因為他在神戶就和他的夫人坐車走了陸路了。

我想我那時搖頭大約有兩回，他們看見的不知道是那一回。讓坐時喧鬧，檢查時幽靜，一定是在稅關上的那一回了。試問愛農，果然是的。

「我真不懂你們帶這東西做什麼？是誰的？」

「還不是我們師母的？」他瞪著他多白的眼。

「到東京就要假裝大腳，又何必帶這東西呢？」

「誰知道呢？你問她去。」

到冬初，我們的景況更拮据了，然而還喝酒，講笑話。忽然是武昌起義，接著是紹興光復。第二天愛農就上城來，戴著農夫常用的氈帽，那笑容是從來沒有見過的。

「老迅，我們今天不喝酒了。我要去看看光復的紹興。我們同去。」

我們便到街上去走了一通，滿眼是白旗。然而貌雖如此，內骨子是依舊的，因為還是幾個舊鄉紳所組織的軍政府，什麼鐵路股東是行政司長，錢店掌櫃是軍械司長……。這軍政府也到底不長久，幾個少年一嚷，王金發帶兵從杭州進來了，但即使不嚷或者也會來。他進來以後，也就被許多閒漢和新進的革命黨所包圍，大做王都督。在衙門裡的人物，穿布衣來的，不上十天也大概換上皮袍子了，天氣還並不冷。

我被擺在師範學校校長的飯碗旁邊，王都督給了我校款二百元。愛農做監學，還是那件布袍子，但不大喝酒了，也很少有工夫談閒天。他辦事，兼教書，實在勤快得可以。

「情形還是不行，王金發他們。」一個去年聽過我的講義的少年來訪問我，慷慨地說，「我們要辦一種報來監督他們。不過發起人要借用先生的名字。還有一個是子英先生，一個是德清先生。為社會，我們知道你決不推卻的。」

我答應他了。兩天後便看見出報的傳單，發起人誠然是三個。五天後便見報，開首便罵軍政府和那裡面的人員；此後是罵都督，都督的親戚，同鄉，姨太太……。

這樣地罵了十多天，就有一種消息傳到我的家裡來，說都督因為你們詐取了他的錢，還罵他，要派人用手槍來打死你們了。

別人倒還不打緊，第一個著急的是我的母親，叮囑我不要再出去。但我還是照常走，並且說明，王金發是不來打死我們的，他雖然綠林大學出身，而殺人卻不很輕易。況且我拿的是校款，這一點他還能明白的，不過說說罷了。

果然沒有來殺。寫信去要經費，又取了二百元。但仿佛有些怒意，同時傳令道：再來要，沒有了！

不過愛農得到了一種新消息，卻使我很為難。原來所謂「詐取」者，並非指學校經費而言，是指另有送給報館的一筆款。報紙上罵了幾天之後，王金發便叫人送去了五百元。於是乎我們的少年們便開起會議來，第一個問題是：收不收？決議曰：收。第二個問題是：收了之後罵不罵？決議曰：罵。理由是：收錢之後，他是股東；股東不好，自然要罵。

我即刻到報館去問這事的真假。都是真的。略說了幾句不該收他錢的話，一個名為會計的便不高興了，質問我道：

「報館為什麼不收股本？」

「這不是股本……。」

「不是股本是什麼？」

我就不再說下去了，這一點世故是早已知道的，倘我再說出連累我們的話來，他就會面斥我太愛惜不值錢的生命，不肯為社會犧牲，或者明天在報上就可以看見我怎樣怕死發抖的記載。

然而事情很湊巧，季茀寫信來催我往南京了。愛農也很贊成，但頗淒涼，說：

「這裡又是那樣，住不得。你快去罷……。」

我懂得他無聲的話，決計往南京。先到都督府去辭職，自然照準，派來了一個拖鼻涕的接收員，我交出帳目和餘款一角又兩銅元，不是校長了。後任是孔教會會長傅力臣。

報館案是我到南京後兩三個星期了結的，被一群兵們搗毀。子英在鄉下，沒有事；德清適值在城裡，大腿上被刺了一尖刀。他大怒了。自然，這是很有些痛的，怪他不得。他大怒之後，脫下衣服，照了一張照片，以顯示一寸來寬的刀傷，並且做一篇文章敘述情形，向各處分送，宣傳軍政府的橫暴。我想，這種照片現在是大約未必還有人收藏著了，尺寸太小，刀傷縮小到幾乎等於無，如果不加說明，看見的人一定以為是帶些瘋氣的風流人物的裸體照片，倘遇見孫傳芳大帥，還怕要被禁止的。

我從南京移到北京的時候，愛農的學監也被孔教會會長的校長設法去掉了。他又成了革命前的愛農。我想為他在北京尋一點小事做，這是他非常希望的，然而沒有機會。他後來便到一個熟人的家裡去寄食，也時時給我信，景況愈困窮，言辭也愈淒苦。終於又非走出這熟人的家不可，便在各處飄浮。不久，忽然從同鄉那裡得到一個消息，說他已經掉在水裡，淹死了。

我疑心他是自殺。因為他是浮水的好手，不容易淹死的。

夜間獨坐在會館裡，十分悲涼，又疑心這消息並不確，但無端又覺得這是極其可靠的，雖然並無證據。一點法子都沒有，只做了四首詩，後來曾在一種日報上發表，現在是將要忘記完了。只記得一首裡的六句，起首四句是：「把酒論天下，先生小酒人。大圜猶酩酊，微醉合沉淪。」中間忘掉兩句，末了是「舊朋雲散盡，余亦等輕塵。」

後來我回故鄉去，才知道一些較為詳細的事。愛農先是什麼事也沒得做，因為大家討厭他。他很困難，但還喝酒，是朋友請他的。他已經很少和人們來往，常見的只剩下幾個後來認識的較為年青的人了，然而他們似乎也不願意多聽他的牢騷，以為不如講笑話有趣。

「也許明天就收到一個電報，拆開看，是魯迅來叫我的。」他時常這樣說。

一天，幾個新的朋友約他坐船去看戲，回來已過夜半，又是大風雨，他醉著，卻偏要到船舷上去小解。大家勸阻他，也不聽，自己說是不會掉下去的。但他掉下去了，雖然能浮水，卻從此不起來。第二天打撈屍體，是在菱蕩裡找到的，直立著。

我至今不明白他究竟是失足還是自殺。

他死後一無所有，遺下一個幼女和他的夫人。有幾個人想集一點錢作他女孩將來的學費的基金，因為一經提議，即有族人來爭這筆款的保管權，——其實還沒有這筆款，——大家覺得無聊，便無形消散了。

現在不知他唯一的女兒景況如何？倘在上學，中學已該畢業了罷。

十一月十八日。

談所謂「大內檔案」

所謂「大內檔案」這東西，在清朝的內閣裡積存了三百多年，在孔廟裡塞了十多年，誰也一聲不響。自從歷史博物館將這殘餘賣給紙鋪子，紙鋪子轉賣給羅振玉，羅振玉轉賣給日本人，於是乎大有號咷之聲，彷佛國寶已失，國脈隨之似的。前幾年，我也曾見過幾個人的議論，所記得的一個是金梁，登在《東方雜誌》上；還有羅振玉和王國維，隨時發感慨。最近的是《北新半月刊》上的《論檔案的售出》，蔣彝潛先生做的。

我覺得他們的議論都不大確。金梁，本是杭州的駐防旗人，早先主張排漢的，民國以來，便算是遺老了，凡有民國所做的事，他自然都以為很可惡。羅振玉呢，也算是遺老，曾經立誓不見國門，而後來僕僕京津間，痛責後生不好古，而偏將古董賣給外國人的，只要看他的題跋，大抵有「廣告」氣撲鼻，便知道「于意雲何」了。獨有王國維已經在水裡將遺老生活結束，是老實人；但他的感喟，卻往往和羅振玉一鼻孔出氣，雖然所出的氣，有真假之分。所以他被弄成夾廣告的

Sandwich，是常有的事，因為他老實到像火腿一般。蔣先生是例外，我看並非遺老，只因為 sentimental 一點，所以受了羅振玉輩的騙了。你想，他要將這賣給日本人，肯說這不是寶貝的麼？

那麼，這不是好東西麼？不好，怎麼你也要買，我也要買呢？我想，這是誰也要發的質問。

答曰：唯唯，否否。這正如敗落大戶家裡的一堆廢紙，說好也行，說無用也行的。因為是廢紙，所以無用；因為是敗落大戶家裡的，所以也許夾些好東西。況且這所謂好與不好，也因人的看法而不同，我的寓所近旁的一個垃圾箱，裡面都是住戶所棄的無用的東西，但我看見早上總有幾個背著竹籃的人，從那裡面一片一片，一塊一塊，檢了什麼東西去了，還有用。更何況現在的時候，皇帝也還尊貴，只要在「大內」裡放幾天，或者帶一個「宮」字，就容易使人另眼相看的，這真是說也不信，雖然在民國。

「大內檔案」也者，據深通「國朝」掌故的羅遺老說，是他的「國朝」時堆在內閣裡的亂紙，大家主張焚棄，經他力爭，這才保留下來的。但到他的「國朝」退位，民國元年我到北京的時候，它們已經被裝為八千（？）麻袋，塞在孔廟之中的敬一亭裡了，的確滿滿地埋滿了大半亭子。其時孔廟裡設了一個歷史博物館籌備處，處長是胡玉縉先生。「籌備處」云者，即裡面並無「歷史博物」的意思。

我卻在教育部，因此也就和麻袋們發生了一點關係，眼見它們的升沉隱顯。可氣可笑的事是有的，但多是小玩意；後來看見外面的議論說得天花亂墜起來，也頗想做幾句記事，敘出我所目睹的情節。可是膽子小，因為牽涉著的闊人很有幾個，沒有敢動筆。這是我的「世故」，在中國做人，罵民族，罵國家，罵社會，罵團體，……都可以的，但不可涉及個人，有名有姓。廣州的一種期刊上說我只打叭兒狗，不罵軍閥。殊不知我正因為罵了叭兒狗，這才有逃出北京的運命。泛罵軍閥，誰來管呢？軍閥是不看雜誌的，就靠叭兒狗嗅，候補叭兒狗吠。阿，說下去又不好了，趕快帶住。

現在是寓在南方，大約不妨說幾句了，這些事情，將來恐怕也未必另外有人說。但我對於有關面子的人物，仍然都不用真姓名，將羅馬字來替代。既非歐化，也不是「隱惡揚善」，只不過「遠害全身」。這也是我的「世故」，不要以為自己在南方，他們在北方，或者不知所在，就小覷他們。他們是突然會在你眼前闊起來的，真是神奇得很。這時候，恐怕就會死得連自己也莫明其妙了。所以要穩當，最好是不說。但我現在來「折衷」，既非不說，而不盡說，而代以羅馬字，——如果這樣還不妥，那麼，也只好聽天由命了。上帝安我魂靈！

卻說這些麻袋們躺在敬一亭裡，就很令歷史博物館籌備處長胡玉縉先生擔憂，日夜提防工役們放火。為什麼呢？這事談起來可有些繁複了。弄些所謂「國學」的人大概都知道，胡先生原是南菁書院的高材生，不但深研舊學，並且博識前朝掌故的。他知道清朝武英殿裡藏過一副銅活字，後來太監們你也偷，我也偷，偷得「不亦樂乎」，待到王爺們似乎要來查考的時候，就放了一把火。自然，連武英殿也沒有了，更何況銅活字的多少。而不幸敬一亭中的麻袋，也仿佛常常減少，工役們不是國學家，所以他將內容的寶貝倒在地上，單拿麻袋去賣錢。胡先生因此想到武英殿失火的故事，深怕麻袋缺得多了之後，敬一亭也照例燒起來；就到教育部去商議一個遷移，或整理，或銷毀的辦法。

專管這一類事情的是社會教育司，然而司長是夏曾佑先生。弄些什麼「國學」的人大概也都知道的，我們不必看他另外的論文，只要看他所編的兩本《中國歷史教科書》，就知道他看中國人有怎地清楚。他是知道中國的一切事萬不可「辦」的；即如檔案罷，任其自然，爛掉，黴掉，蛀掉，偷掉，甚而至於燒掉，倒是天下太平；倘一加人為，一「辦」，那就輿論沸騰，不可開交了。結果是辦事的人成為眾矢之的，謠言和讒謗，百口也分不清。所以他的主張是「這個東西萬萬動不得。」

這兩位熟於掌故的「要辦」和「不辦」的老先生，從此都知道各人的意思，說說笑笑，……但竟拖延下去了。於是麻袋們又安穩地躺了十來年。

這回是F先生來做教育總長了，他是藏書和「考古」的名人。我想，他一定聽到了什麼謠言，以為麻袋裡定有好的宋版書——「海內孤本」。這一類謠言是常有的，我早先還聽得人說，其中且有什麼妃的繡鞋和什麼王的頭骨哩。有一天。他就發一個命令，教我和G主事試看麻袋。即日搬了二十個到西花廳，我們倆在塵埃中看寶貝，大抵是賀表，黃綾封，要說好是也可以說好的，但太多了，倒覺得不希奇。還有奏章，小刑名案子居多，文字是半滿半漢，只有幾個是也特別的，但滿眼都是了，也覺得討厭。殿試卷是一本也沒有；另有幾箱，原在教育部，不過都是二三甲的卷子，聽說名次高一點的在清朝便已被人偷去了，何況乎狀元。至於宋版書呢，有是有的，或則破爛的半本，或是撕破的幾張。也有清初的黃榜，也有實錄的稿本。朝鮮的賀正表，我記得也發見過一張。

我們後來又看了兩天，麻袋的數目，記不清楚了，但奇怪，這時以考察歐美教育馳譽的Y次長，以講大話出名的C參事，忽然都變為考古家了。他們和F總長，都「念茲在茲」，在塵埃中間和破紙旁邊離不開。凡有我們檢起在桌上的，他們總要拿進去，說是去看看。等到送還的時候，往往比原先要少一點，上帝在上，那倒是真的。

大約是幾葉宋版書作怪罷，F總長要大舉整理了，另派了部員幾十人，我倒幸而不在內。其時歷史博物館籌備處已經遷在午門，處長早換了YT；麻袋們便在午門上被整理。YT是一個旗人，京腔說得極漂亮，文字從來不談的，但是，奇怪之至，他竟也忽然變成考古家了，對於此道津津有味。後來還珍藏著一本宋版的什麼《司馬法》，可惜缺了角，但已經都用古色紙補了起來。

那時的整理法我不大記得了，要之，是分為「保存」和「放棄」，即「有用」和「無用」的兩部分。從此幾十個部員，即天天在塵埃和破紙中出沒，漸漸完工——出沒了多少天，我也記不清楚了。「保存」的一部分，後來給北京大學又分了一大部分去。其餘的仍藏博物館。不要的呢，當時是散放在午門的門樓上。

那麼，這些不要的東西，應該可以銷毀了罷，免得失火。不，據「高等做官教科書」所指示，不能如此草草的。派部員幾十人辦理，雖說倘有後患，即應由他們負責，和總長無干。但究竟還只一部，外面說起話來，指摘的還是某部，而非某部的某某人。既然只是「部」，就又不能和總長無干了。

於是辦公事，請各部都派員會同再行檢查。這宗公事是靈的，不到兩星期，各部都派來了，從兩個至四個，其中很多的是新從外洋回來的留學生，還穿著嶄新的洋服。於是濟濟蹌蹌，又在灰土和廢紙之間鑽來鑽去。但是，說也奇怪，好幾個嶄新的留學生又都忽然變了考古家了，將破爛的紙張，絹片，塞到洋褲袋裡——但這是傳聞之詞，我沒有目睹。

這一種儀式既經舉行，即倘有後患，各部都該負責，不能超然物外，說風涼話了。從此午門樓上的空氣，便再沒有先前一般緊張，只見一大群破紙寂寞地鋪在地面上，時有一二工役，手執長木棍，攪著，拾取些黃綾表簽和別的他們所要的東西。

那麼，這些不要的東西，應該可以銷毀了罷，免得失火。不。F總長是深通「高等做官學」的，他知道萬不可燒，一燒必至於變成寶貝，正如人們一死，訃文上即都是第一等好人一般。況且他的主義本來並不在避火，所以他便不管了，接著，他也就「下野」了。

這些廢紙從此便又沒有人再提起，直到歷史博物館自行賣掉之後，才又掀起了一陣神祕的風波。

我的話實在也未免有些煞風景，近乎說，這殘餘的廢紙裡，已沒有什麼寶貝似的。那麼，外面驚心動魄的什麼唐畫呀，蜀石經呀，宋版書呀，何從而來的呢？我想，這也是別人必發的質問。

我想，那是這樣的。殘餘的破紙裡，大約總不免有所謂東西留遺，但未必會有蜀刻和宋版，因為這正是大家所注意搜索的。現在好東西的層出不窮者，一，是因為闊人先前陸續偷去的東西，本不敢示人，現在卻得了可以發表的機會；二，是許多假造的古董，都掛了出於八千麻袋中的招牌而上市了。

還有，蔣先生以為國立圖書館「五六年來一直到此刻，每次戰爭的勝來敗去總得糟蹋得很多。」那可也不然的。從元年到十五年，每次戰爭，圖書館從未遭過損失。只當袁世凱稱帝時，曾經幾乎遭一個皇室中人攘奪，然而倖免了。它的厄運，是在好書被有權者用相似的本子來掉換，年深月久，弄得面目全非，但我不想在這裡多說了。

中國公共的東西，實在不容易保存。如果當局者是外行，他便將東西糟完，倘是內行，他便將東西偷完。而其實也並不單是對於書籍或古董。

一九二七，一二，二四

我的種痘

上海恐怕也真是中國「最文明」的地方，在電線柱和牆壁上，夏天常有勸人勿吃天然冰的警告，春天就是告誡父母，快給兒女去種牛痘的說帖，上面還畫著一個穿紅衫的小孩。我每看見這一幅圖，就詫異我自己，先前怎麼會沒有染到天然痘，嗚呼哀哉，於是好像這性命是從路上拾來似的，沒什麼希罕，即使姓名載在該殺的「黑冊子」上，也不十分驚心動魄了。但自然，幾分是在所不免的。

現在，在上海的孩子，聽說是生後六個月便種痘就最安全，倘走過施種牛痘局的門前，所見的中產或無產的母親們抱著在等候的，大抵是一歲上下的孩子，這事情，現在雖是不屬於知識階級的人們也都知道，是明明白白了的。我的種痘卻很遲了，因為後來記的清清楚楚，可見至少已有兩三歲。雖說住的是偏僻之處，和別地方交通很少，比現在可以減少輸入傳染病的機會，然而天花卻年年流行的，因此而死的常聽到。我居然逃過了這一關，真是洪福齊天，就是每年開一次慶祝會也不算過分。否則，死了倒也罷了，萬一不死而臉上留一點麻，則現在除年老之外，又添上一條大罪案，更要受青年而光臉的文藝批評家的奚落了。幸而並不，真是叨光得很。

那時候，給孩子們種痘的方法有三樣。一樣，是淡然忘之，請痘神隨時隨意種上去，聽它到處發出來，隨後也請個醫生，拜拜菩薩，死掉的雖然多，但活的也有，活的雖然大抵留著瘢痕，但沒有的也未必一定找不出。一樣是中國古法的種痘，將痘痂研成細末，給孩子由鼻孔裡吸進去，發出來的地方雖然也沒有一定的處所，但粒數很少，沒有危險了。人說，這方法是明末發明的，我不知道可的確。

第三樣就是所謂「牛痘」了，因為這方法來自西洋，所以先前叫「洋痘」。最初的時候，當然，華人是不相信的，很費過一番宣傳解釋的氣力。這一類寶貴的文獻，至今還剩在《驗方新編》中，那苦口婆心雖然大足以感人，而說理卻實在非常古怪的。例如，說種痘免疫之理道：

「『痘為小兒一大病，當天行時，尚使遠避，今無故取嬰孩而與之以病，可乎？』曰：『非也。譬之捕盜，乘其羽翼未成，就而擒之，甚易矣；譬之去莠，及其滋蔓未延，芟而除之，甚易矣。……』」

但尤其非常古怪的是說明「洋痘」之所以傳入中國的原因：

「予考醫書中所載，嬰兒生數日，刺出臂上汙血，終身可免出痘一條，後六道刀法皆失傳，今日點痘，或其遺法也。夫以萬全之法，失傳已久，而今復行者，大約前此劫數未滿，而今日洋煙入中國，害人不可勝計，把那劫數抵過了，故此法亦從洋來，得以保全嬰兒之年壽耳。若不堅信而遵行之，是違天而自外於生生之理矣！……」

而我所種的就正是這抵消洋煙之害的牛痘。去今已五十年，我的父親也不是新學家，但竟毅然決然的給我種起「洋痘」來，恐怕還是受了這種學說的影響，因為我後來檢查藏書，屬於「子部醫家類」者，說出來真是慚愧得很，——實在只有《達生篇》和這寶貝的《驗方新編》而已。

那時種牛痘的人固然少，但要種牛痘卻也難，必須待到有一個時候，城裡臨時設立起施種牛痘局來，才有種痘的機會。我的牛痘，是請醫生到家裡來種的，大約是特別隆重的意思；時候可完全不知道了，推測起來，總該是春天罷。這一天，就舉行了種痘的儀式，堂屋中央擺了一張方桌子，繫上紅桌帷，還點了香和蠟燭，我的父親抱了我，坐在桌旁邊。上首呢，還是側面，現在一點也不記得了。這種儀式的出典，也至今查不出。

這時我就看見了醫官。穿的是什麼服飾，一些記憶的影子也沒有，記得的只是他的臉：胖而圓，紅紅的，還帶著一副墨晶的大眼鏡。尤其特別的是他的話我一點都不懂。凡講這種難懂的話的，我們這裡除了官老爺之外，只有開當鋪和賣茶葉的安徽人，做竹匠的東陽人，和變戲法的江北佬。官所講者曰「官話」，此外皆謂之「拗聲」。他的模樣，是近於官的，大家都叫他「醫官」，可見那是「官話」了。官話之震動了我的耳膜，這是第一次。

照種痘程式來說，他一到，該是動刀，點漿了，但我實在糊塗，也一點都沒有記憶，直到二十年後，自看臂膊上的瘡痕，才知道種了六粒，四粒是出的。但我確記得那時並沒有痛，也沒有哭，那醫官還笑著摩摩我的頭頂，說道：

「乖呀，乖呀！」

什麼叫「乖呀乖呀」，我也不懂得，後來父親翻譯給我說，這是他在稱讚我的意思。然而好像並不怎麼高興似的，我所高興的是父親送了我兩樣可愛的玩具。現在我想，我大約兩三歲的時候，就是一個實利主義者的了，這壞性質到老不改，至今還是只要賣掉稿子或收到版稅，總比聽批評家的「官話」要高興得多。

一樣玩具是朱熹所謂「持其柄而搖之，則兩耳還自擊」的鼗鼓，在我雖然也算難得的事物，但仿佛曾經玩過，不覺得希罕了。最可愛的是另外的一樣，叫作「萬花筒」，是一個小小的長圓筒，外糊花紙，兩端嵌著玻璃，從孔子較小的一端向明一望，那可真是猗歟休哉，裡面竟有許多五顏六色，希奇古怪的花朵，而這些花朵的模樣，都是非常整齊巧妙，為實際的花朵叢中所看不見的。況且奇跡還沒有完，如果看得厭了，只要將手一搖，那裡面就又變了另外的花樣，隨搖隨變，不會雷同，語所謂「層出不窮」者，大概就是「此之謂也」罷。

然而我也如別的一切小孩——但天才不在此例——一樣，要探檢這奇境了。我於是背著大人，在僻遠之地，剝去外面的花紙，使它露出難看的紙版來；又挖掉兩端的玻璃，就有一些五色的通草絲和小片落下；最後是撕破圓筒，發見了用三片鏡玻璃條合成的空心的三角。花也沒有，什麼也沒有，想做它復原，也沒有成功，這就完結了。我真不知道惋惜了多少年，直到做過了五十歲的生日，還想找一個來玩玩，然而好像究竟沒有孩子時候的勇猛了，終於沒有特地出去買。否則，從豎著各種旗幟的「文學家」看來，又成為一條罪狀，是無疑的。

現在的辦法，譬如半歲或一歲種過痘，要穩當，是四五歲時候必須再種一次的。但我是前世紀的人，沒有辦得這麼周密，到第二，第三次的種痘，已是二十多歲，在日本的東京了，第二次紅了一紅，第三次毫無影響。

最末的種痘，是十年前，在北京混混的時候。那時也在世界語專門學校裡教幾點鐘書，總該是天花流行了罷，正值我在講書的時間內，校醫前來種痘了。我是一向煽動人們種痘的，而這學校的學生們，也真是令人吃驚。都已二十歲左右了，問起來，既未出過天花，也沒有種過牛痘的多得很。況且去年還有一個實例，是頗為漂亮的某女士缺課兩月之後，再到學校裡來，竟變換了一副面目，腫而且痲，幾乎不能認識了；還變得非常多疑而善怒，和她說話之際，簡直連微笑也犯忌，因為她會疑心你在暗笑她，所以我總是十分小心，莊嚴，謹慎。自然，這情形使某種人批評起來，也許又會說是我在用冷靜的方法，進攻女學生的。但不然，老實說罷，即使原是我的愛人，這時也實在使我有些「進退維谷」，因為柏拉圖式的戀愛論，我是能看，能言，而不能行的。

不過一個好好的人，明明有妥當的方法，卻偏要使細菌到自己的身體裡來繁殖一通，我實在以為未免太近於固執；倒也不是想大家生得漂亮，給我可以冷靜的進攻。總之，我在講堂上就又竭力煽動了，然而困難得很，因為大家說種痘是痛的。再四磋商的結果，終於公舉我首先種痘，作為青年的模範，於是我就成了群眾所推戴的領袖，率領了青年軍，浩浩蕩蕩，奔向校醫室裡來。

雖是春天，北京卻還未暖和的，脫去衣服，點上四粒豆漿，又趕緊穿上衣服，也很費一點時光。但等我一面扣衣，一面轉臉去看時，我的青年軍已經溜得一個也沒有了。

自然，牛痘在我身上，也還是一粒也沒有出。

但也不能就決定我對於牛痘已經決無感應，因為這校醫和他的痘漿，實在令我有些懷疑。他雖是無政府主義者，博愛主義者，然而託他醫病，卻是不能十分穩當的。也是這一年，我在校裡教書的時候，自己覺得發熱了，請他診察之後，他親愛的說道：

「你是肋膜炎，快回去躺下，我給你送藥來。」

我知道這病是一時難好的，於生計大有礙，便十分憂愁，連忙回去躺下了，等著藥，到夜沒有來，第二天又焦灼的等了一整天，仍無消息。夜裡十時，他到我寓裡來了，恭敬的行禮：

「對不起，對不起，我昨天把藥忘記了，現在特地來賠罪的。」

「那不要緊。此刻吃罷。」

「阿呀呀！藥，我可沒有帶了來……」

他走後，我獨自躺著想，這樣的醫治法，肋膜炎是決不會好的。第二天的上午，我就堅決的跑到一個外國醫院去，請醫生詳細診察了一回，他終於斷定我並非什麼肋膜炎，不過是感冒。我這才放了心，回寓後不再躺下，因此也疑心到他的痘漿，可真是有效的痘漿，然而我和牛痘，可是那一回要算最後的關係了。

直到一九三二年一月中，我才又遇到了種痘的機會。那時我們從閘北火線上逃到英租界的一所舊洋房裡，雖然樓梯和走廊上都擠滿了人，因四近還是胡琴聲和打牌聲，真如由地獄上了天堂一樣。過了幾天，兩位大人來查考了，他問明了我們的人數，寫在一本簿子上，就昂然而去。我想，他是在造難民數目表，去報告上司的，現在大概早已告成，歸在一個什麼機關的檔案裡了罷。後來還來了一位公務人員，卻是洋大人，他用了很流暢的普通語，勸我們從鄉下逃來的人們，應該趕快種牛痘。

這樣不化錢的種痘，原不妨伸出手去，占點便宜的，但我還睡在地板上，天氣又冷，懶得起來，就加上幾句說明，給了他拒絕。他略略一想，也就作罷了，還低了頭看著地板，稱讚我道：

「我相信你的話，我看你是有知識的。」

我也很高興，因為我看我的名譽，在古今中外的醫官的嘴上是都很好的。

但靠著做「難民」的機會，我也有了巡閱馬路的工夫，在不意中，竟又看見萬花筒了，聽說還是某大公司的製造品。我的孩子是生後六個月就種痘的，像一個蠶蛹，用不著玩具的賄賂；現在大了一點，已有收受貢品的資格了，我就立刻買了去送他。然而很奇怪，我總覺得這一個遠不及我的那一個，因為不但望進去總是昏昏沉沉，連花朵也毫不鮮明，而且總不見一個好模樣。

我有時也會忽然想到兒童時代所吃的東西，好像非常有味，處境不同，後來永遠吃不到了。但因為或一機會，居然能夠吃到了的也有。然而奇怪的是味道並不如我所記憶的好，重逢之後，倒好像驚破了美麗的好夢，還不如永遠的相思一般。我這時候就常常想，東西的味道是未必退步的，可是我老了，組織無不衰退，味蕾當然也不能例外，味覺的變鈍，倒是我的失望的原因。

對於這萬花筒的失望，我也就用了同樣的解釋。

幸而我的孩子也如我的脾氣一樣——但我希望他大起來會改變——他要探檢這奇境了。首先撕去外面的花紙，露出來的倒還是十九世紀一樣的難看的紙版，待到挖去一端的玻璃，落下來的卻已經不是通草條，而是五色玻璃的碎片。圍成三角形的三塊玻璃也改了樣，後面並非擺錫，只不過塗著黑漆了。

這時我才明白我的自責是錯誤的。黑玻璃雖然也能返光，卻遠不及鏡玻璃之強；通草是輕的，易於支架起來，構成巨大的花朵，現在改用玻璃片，就無論怎樣加以動搖，也只能堆在角落裡，像一撮沙礫了。這樣的萬花筒，又怎能悅目呢？

整整的五十年，從地球年齡來計算，真是微乎其微，然而從人類歷史上說，卻已經是半世紀，柔石丁玲他們，就活不到這麼久。我幸而居然經歷過了，我從這經歷，知道了種痘的普及，似乎比十九世紀有些進步，然而萬花筒的做法，卻分明的大大的退步了。

六月三十日。

憶韋素園君

我也還有記憶的，但是，零落得很。我自己覺得我的記憶好像被刀刮過了的魚鱗，有些還留在身體上，有些是掉在水裡了，將水一攪，有幾片還會翻騰，閃爍，然而中間混著血絲，連我自己也怕得因此汙了賞鑒家的眼目。

現在有幾個朋友要紀念韋素園君，我也須說幾句話。是的，我是有這義務的。我只好連身外的水也攪一下，看看泛起怎樣的東西來。

怕是十多年之前了罷，我在北京大學做講師，有一天，在教師豫備室裡遇見了一個頭髮和鬍子統統長得要命的青年，這就是李霽野。我的認識素園，大約就是霽野紹介的罷，然而我忘記了那時的情景。現在留在記憶裡的，是他已經坐在客店的一間小房子裡計畫出版了。

這一間小房子，就是未名社。

那時我正在編印兩種小叢書，一種是《烏合叢書》，專收創作，一種是《未名叢刊》，專收翻譯，都由北新書局出版。出版者和讀者的不喜歡翻譯書，那時和現在也並不兩樣，所以《未名叢刊》是特別冷落的。恰巧，素園他們願意紹介外國文學到中國來，便和李小峰商量，要將《未名叢刊》移出，由幾個同人自辦。小峰一口答應了，於是這一種叢書便和北新書局脫離。稿子是我們自己的，另籌了一筆印費，就算開始。因這叢書的名目，連社名也就叫了「未名」——但並非「沒有名目」的意思，是「還沒有名目」的意思，恰如孩子的「還未成丁」似的。

未名社的同人，實在並沒有什麼雄心和大志，但是，願意切切實實的，點點滴滴的做下去的意志，卻是大家一致的。而其中的骨幹就是素園。

於是他坐在一間破小屋子，就是未名社裡辦事了，不過小半好像也因為他生著病，不能上學校去讀書，因此便天然的輪著他守寨。

我最初的記憶是在這破寨裡看見了素園，一個瘦小，精明，正經的青年，窗前的幾排破舊外國書，在證明他窮著也還是釘住著文學。然而，我同時又有了一種壞印象，覺得和他是很難交往的，因為他笑影少。「笑影少」原是未名社同人的一種特色，不過素園顯得最分明，一下子就能夠令人感得。但到後來，我知道我的判斷是錯誤了，和他也並不難於交往。他的不很笑，大約是因為年齡的不同，對我的一種特別態度罷，可惜我不能化為青年，使大家忘掉彼我，得到確證了。這真相，我想，霽野他們是知道的。

但待到我明白了我的誤解之後，卻同時又發見了一個他的致命傷：他太認真；雖然似乎沉靜，然而他激烈。認真會是人的致命傷的麼？至少，在那時以至現在，可以是的。一認真，便容易趨於激烈，發揚則送掉自己的命，沉靜著，又齧碎了自己的心。

這裡有一點小例子。——我們是只有小例子的。

那時候，因為段祺瑞總理和他的幫閒們的迫壓，我已經逃到廈門，但北京的狐虎之威還正是無窮無盡。段派的女子師範大學校長林素園，帶兵接收學校去了，演過全副武行之後，還指留著的幾個教員為「共產黨」。這個名詞，一向就給有些人以「辦事」上的便利，而且這方法，也是一種老譜，本來並不希罕的。但素園卻好像激烈起來了，從此以後，他給我的信上，有好一晌竟憎惡「素園」兩字而不用，改稱為「漱園」。同時社內也發生了衝突，高長虹從上海寄信來，說素園壓下了向培良的稿子，叫我講一句話。我一聲也不響。於是在《狂飆》上罵起來了，先罵素園，後是我。素園在北京壓下了培良的稿子，卻由上海的高長虹來抱不平，要在廈門的我去下判斷，我頗覺得是出色的滑稽，而且一個團體，雖是小小的文學團體罷，每當光景艱難時，內部是一定有人起來搗亂的，這也並不希罕。然而素園卻很認真，他不但寫信給我，敘述著詳情，還作文登在雜誌上剖白。在「天才」們的法庭上，別人剖白得清楚的麼？——我不禁長長的嘆了一口氣，想到他只是一個文人，又生著病，卻這麼拼命的對付著內憂外患，又怎麼能夠持久呢。自然，這僅僅是小憂患，但在認真而激烈的個人，卻也相當的大的。

不久，未名社就被封，幾個人還被捕。也許素園已經咯血，進了病院了罷，他不在內。但後來，被捕的釋放，未名社也啟封了，忽封忽啟，忽捕忽放，我至今還不明白這是怎麼的一個玩意。

我到廣州，是第二年——一九二七年的秋初，仍舊陸續的接到他幾封信，是在西山病院裡，伏在枕頭上寫就的，因為醫生不允許他起坐。他措辭更明顯，思想也更清楚，更廣大了，但也更使我擔心他的病。有一天，我忽然接到一本書，是布面裝訂的素園翻譯的《外套》。我一看明白，就打了一個寒噤：這明明是他送給我的一個紀念品，莫非他已經自覺了生命的期限了麼？

我不忍再翻閱這一本書，然而我沒有法。

我因此記起，素園的一個好朋友也咯過血，一天竟對著素園咯起來，他慌張失措，用了愛和憂急的聲音命令道：「你不許再吐了！」我那時卻記起了伊孛生的《勃蘭特》。他不是命令過去的人，從新起來，卻並無這神力，只將自己埋在崩雪下面的麼？……

我在空中看見了勃蘭特和素園，但是我沒有話。

一九二九年五月末，我最以為僥倖的是自己到西山病院去，和素園談了天。他為了日光浴，皮膚被晒得很黑了，精神卻並不萎頓。我們和幾個朋友都很高興。但我在高興中，又時時夾著悲哀：忽而想到他的愛人，已由他同意之後，和別人訂了婚；忽而想到他竟連紹介外國文學給中國的一點志願，也怕難於達到；忽而想到他在這裡靜臥著，不知道他自以為是在等候全愈，還是等候滅亡；忽而想到他為什麼要寄給我一本精裝的《外套》？……

壁上還有一幅陀思妥也夫斯基的大畫像。對於這先生，我是尊敬，佩服的，但我又恨他殘酷到了冷靜的文章。他布置了精神上的苦刑，一個個拉了不幸的人來，拷問給我們看。現在他用沉鬱的眼光，凝視著素園和他的臥榻，好像在告訴我：這也是可以收在作品裡的不幸的人。

自然，這不過是小不幸，但在素園個人，是相當的大的。

一九三二年八月一日晨五時半，素園終於病歿在北平同仁醫院裡了，一切計畫，一切希望，也同歸於盡。我所抱憾的是因為避禍，燒去了他的信劄，我只能將一本《外套》當作唯一的紀念，永遠放在自己的身邊。

自素園病歿之後，轉眼已是兩年了，這其間，對於他，文壇上並沒有人開口。這也不能算是希罕的，他既非天才，也非豪傑，活的時候，既不過在默默中生存，死了之後，當然也只好在默默中泯沒。但對於我們，卻是值得紀念的青年，因為他在默默中支持了未名社。

未名社現在是幾乎消滅了，那存在期，也並不長久。然而自素園經營以來，紹介了果戈理（N. Gogol），陀思妥也夫斯基（F. Dostoevsky），安特列夫（L. Andreev），紹介了望•藹覃（F. Van Eeden），紹介了愛倫堡（I. Ehrenburg）

的《煙袋》和拉夫列涅夫（B. Lavrenev）的《四十一》。還印行了《未名新集》，其中有叢蕪的《君山》，靜農的《地之子》和《建塔者》，我的《朝華夕拾》，在那時候，也都還算是相當可看的作品。事實不為輕薄陰險小兒留情，曾幾何年，他們就都已煙消火滅，然而未名社的譯作，在文苑裡卻至今沒有枯死的。

是的，但素園卻並非天才，也非豪傑，當然更不是高樓的尖頂，或名園的美花，然而他是樓下的一塊石材，園中的一撮泥土，在中國第一要他多。他不入於觀賞者的眼中，只有建築者和栽植者，決不會將他置之度外。

文人的遭殃，不在生前的被攻擊和被冷落，一瞑之後，言行兩亡，於是無聊之徒，謬託知己，是非蜂起，既以自衒，又以賣錢，連死屍也成了他們的沽名獲利之具，這倒是值得悲哀的。現在我以這幾千字紀念我所熟識的素園，但願還沒有營私肥己的處所，此外也別無話說了。

我不知道以後是否還有紀念的時候，倘止於這一次，那麼，素園，從此別了！

一九三四年七月十六之夜，魯迅記。

憶劉半農君

這是小峰出給我的一個題目。

這題目並不出得過分。半農去世，我是應該哀悼的，因為他也是我的老朋友。但是，這是十來年前的話了，現在呢，可難說得很。

我已經忘記了怎麼和他初次會面，以及他怎麼能到了北京。他到北京，恐怕是在《新青年》投稿之後，由蔡孑民先生或陳獨秀先生去請來的，到了之後，當然更是《新青年》裡的一個戰士。他活潑，勇敢，很打了幾次大仗。譬如罷，答王敬軒的又信，「她」字和「牠」字的創造，就都是的。這兩件，現在看起來，自然是瑣屑得很，但那是十多年前，單是提倡新式標點，就會有一大群人「若喪考妣」，恨不得「食肉寢皮」的時候，所以的確是「大仗」。現在的二十左右的青年，大約很少有人知道三十年前，單是剪下辮子就會坐牢或殺頭的了。然而這曾經是事實。

但半農的活潑，有時頗近於草率，勇敢也有失之無謀的地方。但是，要商量襲擊敵人的時候，他還是好夥伴，進行之際，心口並不相應，或者暗暗的給你一刀，他是決不會的。倘若失了算，那是因為沒有算好的緣故。

《新青年》每出一期，就開一次編輯會，商定下一期的稿件。其時最惹我注意的是陳獨秀和胡適之。假如將韜略比作一間倉庫罷，獨秀先生的是外面豎一面大旗，大書道：「內皆武器，來者小心！」但那門卻開著的，裡面有幾枝槍，幾把刀，一目了然，用不著提防。適之先生的是緊緊的關著門，門上粘一條小紙條道：「內無武器，請勿疑慮。」這自然可以是真的，但有些人——至少是我這樣的人——有時總不免要側著頭想一想。半農卻是令人不覺其有「武庫」的一個人，所以我佩服陳胡，卻親近半農。

所謂親近，不過是多談閒天，一多談，就露出了缺點。幾乎有一年多，他沒有消失掉從上海帶來的才子必有「紅袖添香夜讀書」的豔福的思想，好容易才給我們罵掉了。但他好像到處都這麼的亂說，使有些「學者」皺眉。有時候，連到《新青年》投稿都被排斥。他很勇於寫稿，但試去看舊報去，很有幾期是沒有他的。那些人們批評他的為人，是：淺。

不錯，半農確是淺。但他的淺，卻如一條清溪，澄澈見底，縱有多少沉渣和腐草，也不掩其大體的清。倘使裝的是爛泥，一時就看不出它的深淺來了；如果是爛泥的深淵呢，那就更不如淺一點的好。

但這些背後的批評，大約是很傷了半農的心的，他的到法國留學，我疑心大半就為此。我最懶於通信，從此我們就疏遠起來了。他回來時，我才知道他在外國鈔古書，後來也要標點《何典》，我那時還以老朋友自居，在序文上說了幾句老實話，事後，才知道半農頗不高興了，「駟不及舌」，也沒有法子。另外還有一回關於《語絲》的彼此心照的不快活。五六年前，曾在上海的宴會上見過一回面，那時候，我們幾乎已經無話可談了。

近幾年，半農漸漸的據了要津，我也漸漸的更將他忘卻；但從報章上看見他禁稱「蜜斯」之類，卻很起了反感：我以為這些事情是不必半農來做的。從去年來，又看見他不斷的做打油詩，弄爛古文，回想先前的交情，也往往不免長嘆。我想，假如見面，而我還以老朋友自居，不給一個「今天天氣……哈哈哈」完事，那就也許會弄到衝突的罷。

不過，半農的忠厚，是還使我感動的。我前年曾到北平，後來有人通知我，半農是要來看我的，有誰恐嚇了他一下，不敢來了。這使我很慚愧，因為我到北平後，實在未曾有過訪問半農的心思。

現在他死去了，我對於他的感情，和他生時也並無變化。我愛十年前的半農，而憎惡他的近幾年。這憎惡是朋友的憎惡，因為我希望他常是十年前的半農，他的為戰士，即使「淺」罷，卻於中國更為有益。我願以憤火照出他的戰績，免使一群陷沙鬼將他先前的光榮和死屍一同拖入爛泥的深淵。

八月一日。

我的第一個師父

不記得是那一部舊書上看來的了，大意說是有一位道學先生，自然是名人，一生拼命辟佛，卻名自己的小兒子為「和尚」。有一天，有人拿這件事來質問他。他回答道：「這正是表示輕賤呀！」那人無話可說而退云。

其實，這位道學先生是詭辯。名孩子為「和尚」，其中是含有迷信的。中國有許多妖魔鬼怪，專喜歡殺害有出息的人，尤其是孩子；要下賤，他們才放手，安心。和尚這一種人，從和尚的立場看來，會成佛——但也不一定，——固然高超得很，而從讀書人的立場一看，他們無家無室，不會做官，卻是下賤之流。讀書人意中的鬼怪，那意見當然和讀書人相同，所以也就不來攪擾了。這和名孩子為阿貓阿狗，完全是一樣的意思：容易養大。

還有一個避鬼的法子，是拜和尚為師，也就是舍給寺院了的意思，然而並不放在寺院裡。我生在周氏是長男，「物以希為貴」，父親怕我有出息，因此養不大，不到一歲，便領到長慶寺裡去，拜了一個和尚為師了。拜師是否要贄見禮，或者布施什麼的呢，我完全不知道。只知道我卻由此得到一個法名叫作「長庚」，後來我也偶爾用作筆名，並且在〈在酒樓上〉這篇小說裡，贈給了恐嚇自己的侄女的無賴；還有一件百家衣，就是「衲衣」，論理，是應該用各種破布拼成的，但我的卻是橄欖形的各色小綢片所縫就，非喜慶大事不給穿；還有一條稱為「牛繩」的東西，上掛零星小件，如曆本，鏡子，銀篩之類，據說是可以避邪的。

這種布置，好像也真有些力量：我至今沒有死。

不過，現在法名還在，那兩件法寶卻早已失去了。前幾年回北平去，母親還給了我嬰兒時代的銀篩，是那時的惟一的紀念。仔細一看，原來那篩子圓徑不過寸餘，中央一個太極圖。上面一本書，下面一卷畫，左右綴著極小的尺，剪刀，算盤，天平之類。我於是恍然大悟，中國的邪鬼，是怕斬釘截鐵，不能含糊的東西的。因為探究和好奇，去年曾經去問上海的銀樓，終於買了兩面來，和我的幾乎一式一樣，不過綴著的小東西有些增減。奇怪得很，半世紀有餘了，邪鬼還是這樣的性情，避邪還是這樣的法寶。然而我又想，這法寶成人卻用不得，反而非常危險的。

但因此又使我記起了半世紀以前的最初的先生。我至今不知道他的法名，無論誰，都稱他為「龍師父」，瘦長的身子，瘦長的臉，高顴細眼，和尚是不應該留鬚的，他卻有兩綹下垂的小鬍子。對人很和氣，對我也很和氣，不教我念一句經，也不教我一點佛門規矩；他自己呢，穿起袈裟來做大和尚，或者戴上毗盧帽放焰口，「無祀孤魂，來受甘露味」的時候，是莊嚴透頂的，平常可也不念經，因為是住持，只管著寺裡的瑣屑事，其實——自然是由我看起來——他不過是一個剃光了頭髮的俗人。

因此我又有一位師母，就是他的老婆。論理，和尚是不應該有老婆的，然而他有。我家的正屋的中央，供著一塊牌位，用金字寫著必須絕對尊敬和服從的五位：「天地君親師」。我是徒弟，他是師，決不能抗議，而在那時，也決不想到抗議，不過覺得似乎有點古怪。但我是很愛我的師母的，在我的記憶上，見面的時候。她已經大約有四十歲了，是一位胖胖的師母，穿著玄色紗衫褲，在自己家裡的院子裡納涼，她的孩子們就來和我玩耍。有時還有水果和點心吃，——自然，這也是我所以愛她的一個大原因；用高潔的陳源教授的話來說，便是所謂「有奶便是娘」，在人格上是很不足道的。

不過我的師母在戀愛故事上，卻有些不平常。「戀愛」，這是現在的術語，那時我們這偏僻之區只叫作「相好」。《詩經》云：「式相好矣，毋相猶矣」，起源是算得很古，離文武周公的時候不怎麼久就有了的，然而後來好像並不算十分冠冕堂皇的好話。這且不管它罷。總之，聽說龍師父年青時，是一個很漂亮而能幹的和尚，交際很廣，認識各種人。有一天，鄉下做社戲了，他和戲子相識，便上臺替他們去敲鑼，精光的頭皮，簇新的海青，真是風頭十足。鄉下人大抵有些頑固，以為和尚是只應該念經拜懺的，臺下有人罵了起來。師父不甘示弱，也給他們一個回罵。於是戰爭開幕，甘蔗梢頭雨點似的飛上來，有些勇士，還有進攻之勢，「彼眾我寡」，他只好退走，一面退，一面一定追，逼得他又只好慌張的躲進一家人家去。而這人家，又只有一位年青的寡婦。以後的故事，我也不甚了然了，總而言之，她後來就是我的師母。

自從《宇宙風》出世以來，一向沒有拜讀的機緣，近幾天才看見了「春季特大號」。其中有一篇銖堂先生的《不以成敗論英雄》，使我覺得很有趣，他以為中國人的「不以成敗論英雄」，「理想是不能不算崇高」的，「然而在人群的組織上實在要不得。抑強扶弱，便是永遠不願意有強。崇拜失敗英雄，便是不承認成功的英雄」。「近人有一句流行話，說中國民族富於同化力，所以遼金元清都並不曾征服中國。其實無非是一種惰性，對於新制度不容易接收罷了。」我們怎樣來改悔這「惰性」呢，現在姑且不談，而且正在替我們想法的人們也多得很。我只要說那位寡婦之所以變了我的師母，其弊病也就在「不以成敗論英雄」。鄉下沒有活的岳飛或文天祥，所以一個漂亮的和尚在如雨而下的甘蔗梢頭中，從戲臺逃下，也就是一個貨真價實的失敗的英雄。她不免發現了祖傳的「惰性」，崇拜起來，對於追兵，也像我們的祖先的對於遼金元清的大軍似的，「不承認成功的英雄」了。在歷史上，這結果是正如銖堂先生所說：「乃是中國的社會不樹威是難得帖服的」，所以活該有「揚州十日」和「嘉定三屠」。但那時的鄉下人，卻好像並沒有「樹威」，走散了，自然，也許是他們料不到躲在家裡。

因此我有了三個師兄，兩個師弟。大師兄是窮人的孩子，舍在寺裡，或是賣在寺裡的；其餘的四個，都是師父的兒子，大和尚的兒子做小和尚，我那時倒並不覺得怎麼稀奇。大師兄只有單身；二師兄也有家小，但他對我守著祕密，這一點，就可見他的道行遠不及我的師父，他的父親了。而且年齡都和我相差太遠，我們幾乎沒有交往。

三師兄比我恐怕要大十歲，然而我們後來的感情是很好的，我常常替他擔心。

還記得有一回，他要受大戒了，他不大看經，想來未必深通什麼大乘教理，在剃得精光的囟門上，放上兩排艾絨，同時燒起來，我看是總不免要叫痛的，這時善男信女，多數參加，實在不大雅觀，也失了我做師弟的體面。這怎麼好呢？每一想到，十分心焦，仿佛受戒的是我自己一樣。

然而我的師父究竟道力高深，他不說戒律，不談教理，只在當天大清早，叫了我的三師兄去，厲聲吩咐道：「拚命熬住，不許哭，不許叫，要不然，腦袋就炸開，死了！」這一種大喝，實在比什麼《妙法蓮花經》或《大乘起信論》還有力，誰高興死呢，於是儀式很莊嚴的進行，雖然兩眼比平時水汪汪，但到兩排艾絨在頭頂上燒完，的確一聲也不出。我噓一口氣，真所謂「如釋重負」，善男信女們也個個「合十讚嘆，歡喜布施，頂禮而散」了。

出家人受了大戒，從沙彌升為和尚，正和我們在家人行過冠禮，由童子而為成人相同。成人願意「有室」，和尚自然也不能不想到女人。以為和尚只記得釋迦牟尼或彌勒菩薩，乃是未曾拜和尚為師，或與和尚為友的世俗的謬見。寺裡也有確在修行，沒有女人，也不吃葷的和尚，例如我的大師兄即是其一，然而他們孤僻，冷酷，看不起人，好像總是鬱鬱不樂，他們的一把扇或一本書，你一動他就不高興，令人不敢親近他。所以我所熟識的，都是有女人，或聲明想女人，吃葷，或聲明想吃葷的和尚。

我那時並不詫異三師兄在想女人，而且知道他所理想的是怎樣的女人。人也許以為他想的是尼姑罷，並不是的，和尚和尼姑「相好」，加倍的不便當。他想的乃是千金小姐或少奶奶；而作這「相思」或「單相思」——即今之所謂「單戀」也——的媒介的是「結」。我們那裡的闊人家，一有喪事，每七日總要做一些法事，有一個七日，是要舉行「解結」的儀式的，因為死人在未死之前，總不免開罪於人，存著冤結，所以死後要替他解散。方法是在這天拜完經懺的傍晚，靈前陳列著幾盤東西，是食物和花，而其中有一盤，是用麻線或白頭繩，穿上十來文錢，兩頭相合而打成蝴蝶式，八結式之類的複雜的，頗不容易解開的結子。一群和尚便環坐桌旁，且唱且解，解開之後，錢歸和尚，而死人的一切冤結也從此完全消失了。這道理似乎有些古怪，但誰都這樣辦，並不為奇，大約也是一種「惰性」。不過解結是並不如世俗人的所推測，個個解開的，倘有和尚以為打得精緻，因而生愛，或者故意打得結實，很難解散，因而生恨的，便能暗暗的整個落到僧袍的大袖裡去，一任死者留下冤結，到地獄裡去吃苦。這種寶結帶回寺裡，便保存起來，也時時鑒賞，恰如我們的或亦不免偏愛看看女作家的作品一樣。當鑒賞的時候，當然也不免想到作家，打結子的是誰呢，男人不會，奴婢不會，有這種本領的，不消說是小姐或少奶奶了。和尚沒有文學界人物的清高，所以他就不免睹物思人，所謂「時涉遐想」起來，至於心理狀態，則我雖曾拜和尚為師，但究竟是在家人，不大明白底細。只記得三師兄曾經不得已而分給我幾個，有些實在打得精奇，有些則打好之後，浸過水，還用剪刀柄之類砸實，使和尚無法解散。解結，是替死人設法的，現在卻和和尚為難，我真不知道小姐或少奶奶是什麼意思。這疑問直到二十年後，學了一點醫學，才明白原來是給和尚吃苦，頗有一點虐待異性的病態的。深閨的怨恨，會無線電似的報在佛寺的和尚身上，我看道學先生可還沒有料到這一層。

後來，三師兄也有了老婆，出身是小姐，是尼姑，還是「小家碧玉」呢，我不明白，他也嚴守祕密，道行遠不及他的父親了。這時我也長大起來，不知道從那裡，聽到了和尚應守清規之類的古老話，還用這話來嘲笑他，本意是在要他受窘。不料他竟一點不窘，立刻用「金剛怒目」式，向我大喝一聲道：

「和尚沒有老婆，小菩薩那裡來！？」

這真是所謂「獅吼」，使我明白了真理，啞口無言，我的確早看見寺裡有丈餘的大佛，有數尺或數寸的小菩薩，卻從未想到他們為什麼有大小。經此一喝，我才徹底的省悟了和尚有老婆的必要，以及一切小菩薩的來源，不再發生疑問。但要找尋三師兄，從此卻艱難了一點，因為這位出家人，這時就有了三個家了：一是寺院，二是他的父母的家，三是他自己和女人的家。

我的師父，在約略四十年前已經去世；師兄弟們大半做了一寺的住持；我們的交情是依然存在的，卻久已彼此不通消息。但我想，他們一定早已各有一大批小菩薩，而且有些小菩薩又有小菩薩了。

四月一日。

「這也是生活」……

這也是病中的事情。

有一些事，健康者或病人是不覺得的，也許遇不到，也許太微細。到得大病初愈，就會經驗到；在我，則疲勞之可怕和休息之舒適，就是兩個好例子。我先前往往自負，從來不知道所謂疲勞。書桌面前有一把圓椅，坐著寫字或用心的看書，是工作；旁邊有一把藤躺椅，靠著談天或隨意的看報，便是休息；覺得兩者並無很大的不同，而且往往以此自負。現在才知道是不對的，所以並無大不同者，乃是因為並未疲勞，也就是並未出力工作的緣故。

我有一個親戚的孩子，高中畢了業，卻只好到襪廠裡去做學徒，心情已經很不快活的了，而工作又很繁重，幾乎一年到頭，並無休息。他是好高的，不肯偷懶，支持了一年多。有一天，忽然坐倒了，對他的哥哥道：「我一點力氣也沒有了。」

他從此就站不起來，送回家裡，躺著，不想飲食，不想動彈，不想言語，請了耶穌教堂的醫生來看，說是全體什麼病也沒有，然而全體都疲乏了。也沒有什麼法子治。自然，連接而來的是靜靜的死。我也曾經有過兩天這樣的情形，但原因不同，他是做乏，我是病乏的。我的確什麼欲望也沒有，似乎一切都和我不相干，所有舉動都是多事，我沒有想到死，但也沒有覺得生；這就是所謂「無欲望狀態」，是死亡的第一步。曾有愛我者因此暗中下淚；然而我有轉機了，我要喝一點湯水，我有時也看看四近的東西，如牆壁，蒼蠅之類，此後才能覺得疲勞，才需要休息。

象心縱意的躺倒，四肢一伸，大聲打一個呵欠，又將全體放在適宜的位置上，然後弛懈了一切用力之點，這真是一種大享樂。在我是從來未曾享受過的。我想，強壯的，或者有福的人，恐怕也未曾享受過。

記得前年，也在病後，做了一篇〈病後雜談〉，共五節，投給《文學》，但後四節無法發表，印出來只剩了頭一節了。雖然文章前面明明有一個「一」字，此後突然而止，並無「二」「三」，仔細一想是就會覺得古怪的，但這不能要求於每一位讀者，甚而至於不能希望於批評家。於是有人據這一節，下我斷語道：「魯迅是贊成生病的。」現在也許暫免這種災難了，但我還不如先在這裡聲明一下：「我的話到這裡還沒有完。」

有了轉機之後四五天的夜裡，我醒來了，喊醒了廣平。

「給我喝一點水。並且去開開電燈，給我看來看去的看一下。」

「為什麼？……」她的聲音有些驚慌，大約是以為我在講昏話。

「因為我要過活。你懂得麼？這也是生活呀。我要看來看去的看一下。」

「哦……」她走起來，給我喝了幾口茶，徘徊了一下，又輕輕的躺下了，不去開電燈。

我知道她沒有懂得我的話。

街燈的光穿窗而入，屋子裡顯出微明，我大略一看，熟識的牆壁，壁端的棱線，熟識的書堆，堆邊的未訂的畫集，外面的進行著的夜，無窮的遠方，無數的人們，都和我有關。

我存在著，我在生活，我將生活下去，我開始覺得自己更切實了，我有動作的欲望——但不久我又墜入了睡眠。

第二天早晨在日光中一看，果然，熟識的牆壁，熟識的書堆……這些，在平時，我也時常看它們的，其實是算作一種休息。但我們一向輕視這等事，縱使也是生活中的一片，卻排在喝茶搔癢之下，或者簡直不算一回事。我們所注意的是特別的精華，毫不在枝葉。給名人作傳的人，也大抵一味鋪張其特點，李白怎樣做詩，怎樣耍顛，拿破崙怎樣打仗，怎樣不睡覺，卻不說他們怎樣不耍顛，要睡覺。其實，一生中專門耍顛或不睡覺，是一定活不下去的，人之有時能耍顛和不睡覺，就因為倒是有時不耍顛和也睡覺的緣故。然而人們以為這些平凡的都是生活的渣滓，一看也不看。

於是所見的人或事，就如盲人摸象，摸著了腳，即以為象的樣子像柱子。中國古人，常欲得其「全」，就是製婦女用的「烏雞白鳳丸」，也將全雞連毛血都收在丸藥裡，方法固然可笑，主意卻是不錯的。

刪夷枝葉的人，決定得不到花果。

為了不給我開電燈，我對於廣平很不滿，見人即加以攻擊；到得自己能走動了，就去一翻她所看的刊物，果然，在我臥病期中，全是精華的刊物已經出得不少了，有些東西，後面雖然仍舊是「美容妙法」，「古木發光」，或者「尼姑之祕密」，但第一面卻總有一點激昂慷慨的文章。作文已經有了「最中心之主題」：

連義和拳時代和德國統帥瓦德西睡了一些時候的賽金花，也早已封為九天護國娘娘了。

尤可驚服的是先前用《御香縹緲錄》，把清朝的宮廷講得津津有味的《申報》上的《春秋》，也已經時而大有不同，有一天竟在卷端的〈點滴〉裡，教人當吃西瓜時，也該想到我們土地的被割碎，像這西瓜一樣。自然，這是無時無地無事而不愛國，無可訾議的。但倘使我一面這樣想，一面吃西瓜，我恐怕一定咽不下去，即使用勁咽下，也難免不能消化，在肚子裡咕咚的響它好半天。這也未必是因為我病後神經衰弱的緣故。我想，倘若用西瓜作比，講過國恥講義，卻立刻又會高高興興的把這西瓜吃下，成為血肉的營養的人，這人恐怕是有些麻木。對他無論講什麼講義，都是毫無功效的。

我沒有當過義勇軍，說不確切。但自己問：戰士如吃西瓜，是否大抵有一面吃，一面想的儀式的呢？我想：未必有的。他大概只覺得口渴，要吃，味道好，卻並不想到此外任何好聽的大道理。吃過西瓜，精神一振，戰鬥起來就和喉乾舌敝時候不同，所以吃西瓜和抗敵的確有關係，但和應該怎樣想的上海設定的戰略，卻是不相干。這樣整天哭喪著臉去吃喝，不多久，胃口就倒了，還抗什麼敵。

然而人往往喜歡說得希奇古怪，連一個西瓜也不肯主張平平常常的吃下去。其實，戰士的日常生活，是並不全部可歌可泣的，然而又無不和可歌可泣之部相關聯，這才是實際上的戰士。

八月二十三日。

死

當印造凱綏・珂勒惠支（Kaethe Kollwitz）所作版畫的選集時，曾請史沫德黎（A. Smedley）女士做一篇序。自以為這請得非常合適，因為她們倆原極熟識的。不久做來了，又逼著茅盾先生譯出，現已登在選集上。其中有這樣的文字：

「許多年來，凱綏・珂勒惠支——她從沒有一次利用過贈授給她的頭銜——作了大量的畫稿，速寫，鉛筆作的和鋼筆作的速寫，木刻，銅刻。把這些來研究，就表示著有二大主題支配著，她早年的主題是反抗，而晚年的是母愛，母性的保障，救濟，以及死。而籠照於她所有的作品之上的，是受難的，悲劇的，以及保護被壓迫者深切熱情的意識。

「有一次我問她：『從前你用反抗的主題，但是現在你好像很有點拋不開死這觀念。這是為什麼呢？』用了深有所苦的語調，她回答道，『也許因為我是一天一天老了！』……」

我那時看到這裡，就想了一想。算起來：她用「死」來做畫材的時候，是一九一〇年頃；這時她不過四十三四歲。我今年的這「想了一想」，當然和年紀有關，但回憶十餘年前，對於死卻還沒有感到這麼深切。大約我們的生死久已被人們隨意處置，認為無足重輕，所以自己也看得隨隨便便，不像歐洲人那樣的認真了。有些外國人說，中國人最怕死。這其實是不確的，——但自然，每不免模模糊糊的死掉則有之。

大家所相信的死後的狀態，更助成了對於死的隨便。誰都知道，我們中國人是相信有鬼（近時或謂之「靈魂」）的，既有鬼，則死掉之後，雖然已不是人，卻還不失為鬼，總還不算是一無所有。不過設想中的做鬼的久暫，卻因其人的生前的貧富而不同。窮人們是大抵以為死後就去輪回的，根源出於佛教。佛教所說的輪回，當然手續繁重，並不這麼簡單，但窮人往往無學，所以不明白。這就是使死罪犯人綁赴法場時，大叫「二十年後又是一條好漢」，面無懼色的原因。況且相傳鬼的衣服，是和臨終時一樣的，窮人無好衣裳，做了鬼也決不怎麼體面，實在遠不如立刻投胎，化為赤條條的嬰兒的上算。我們曾見誰家生了小孩，胎裡就穿著叫化子或是游泳家的衣服的麼？從來沒有。這就好，從新來過。也許有人要問，既然相信輪回，那就說不定來生會墮入更窮苦的景況，或者簡直是畜生道，更加可怕了。但我看他們是並不這樣想的，他們確信自己並未造出該入畜生道的罪孽，他們從來沒有能墮畜生道的地位，權勢和金錢。

然而有著地位，權勢和金錢的人，卻又並不覺得該墮畜生道；他們倒一面化為居士，準備成佛，一面自然也主張讀經復古，兼做聖賢。他們像活著時候的超出人理一樣，自以為死後也超出了輪回的。至於小有金錢的人，則雖然也不覺得該受輪回，但此外也別無雄才大略，只豫備安心做鬼。所以年紀一到五十上下，就給自己尋葬地，合壽材，又燒紙錠，先在冥中存儲，生下子孫，每年可吃羹飯。這實在比做人還享福。假使我現在已經是鬼，在陽間又有好子孫，那麼，又何必零星賣稿，或向北新書局去算帳呢，只要很閒適的躺在楠木或陰沉木的棺材裡，逢年逢節，就自有一桌盛饌和一堆國幣擺在眼前了，豈不快哉！

就大體而言，除極富貴者和冥律無關外，大抵窮人利於立即投胎，小康者利於長久做鬼。小康者的甘心做鬼，是因為鬼的生活（這兩字大有語病，但我想不出適當的名詞來），就是他還未過厭的人的生活的連續。

陰間當然也有主宰者，而且極其嚴厲，公平，但對於他獨獨頗肯通融，也會收點禮物，恰如人間的好官一樣。

有一批人是隨隨便便，就是臨終也恐怕不大想到的，我向來正是這隨便黨裡的一個。三十年前學醫的時候，曾經研究過靈魂的有無，結果是不知道；又研究過死亡是否苦痛，結果是不一律，後來也不再深究，忘記了。近十年中，有時也為了朋友的死，寫點文章，不過好像並不想到自己。這兩年來病特別多，一病也比較的長久，這才往往記起了年齡，自然，一面也為了有些作者們筆下的好意的或是惡意的不斷的提示。

從去年起，每當病後休養，躺在藤躺椅上，每不免想到體力恢復後應該動手的事情：做什麼文章，翻譯或印行什麼書籍。想定之後，就結束道：就是這樣罷——便要趕快做。這「要趕快做」的想頭，是為先前所沒有的，就因為在不知不覺中，記得了自己的年齡。卻從來沒有直接的想到「死」。

直到今年的大病，這才分明的引起關於死的豫想來。原先是仍如每次的生病一樣，一任著日本的Ｓ醫師的診治的。他雖不是肺病專家，然而年紀大，經驗多，從習醫的時期說，是我的前輩，又極熟識，肯說話。自然，醫師對於病人，縱使怎樣熟識，說話是還是有限度的，但是他至少已經給了我兩三回警告，不過我仍然不以為意，也沒有轉告別人。大約實在是日子太久，病象太險了的緣故罷，幾個朋友暗自協商定局，請了美國的D醫師來診察了。他是在上海的唯一的歐洲的肺病專家，經過打診，聽診之後，雖然譽我為最能抵抗疾病的典型的中國人，然而也宣告了我的就要滅亡；並且說，倘是歐洲人，則在五年前已經死掉。這判決使善感的朋友們下淚。我也沒有請他開方，因為我想，他的醫學從歐洲學來，一定沒有學過給死了五年的病人開方的法子。然而D醫師的診斷卻實在是極準確的，後來我照了一張用X光透視的胸像，所見的景象，竟大抵和他的診斷相同。

我並不怎麼介意於他的宣告，但也受了些影響，日夜躺著，無力談話，無力看書。連報紙也拿不動，又未曾煉到「心如古井」，就只好想，而從此竟有時要想到「死」了。不過所想的也並非「二十年後又是一條好漢」，或者怎樣久住在楠木棺材裡之類，而是臨終之前的瑣事。在這時候，我才確信，我是到底相信人死無鬼的。我只想到過寫遺囑，以為我倘曾貴為宮保，富有千萬，兒子和女婿及其他一定早已逼我寫好遺囑了，現在卻誰也不提起。但是，我也留下一張罷。當時好像很想定了一些，都是寫給親屬的，其中有的是：

一，不得因為喪事，收受任何人的一文錢。——但老朋友的，不在此例。

二，趕快收斂，埋掉，拉倒。

三，不要做任何關於紀念的事情。

四，忘記我，管自己生活。——倘不，那就真是糊塗蟲。

五，孩子長大，倘無才能，可尋點小事情過活，萬不可去做空頭文學家或美術家。

六，別人應許給你的事物，不可當真。

七，損著別人的牙眼，卻反對報復，主張寬容的人，萬勿和他接近。

此外自然還有，現在忘記了。只還記得在發熱時，又曾想到歐洲人臨死時，往往有一種儀式，是請別人寬恕，自己也寬恕了別人。我的怨敵可謂多矣，倘有新式的人問起我來，怎麼回答呢？我想了一想，決定的是：讓他們怨恨去，我也一個都不寬恕。

但這儀式並未舉行，遺囑也沒有寫，不過默默的躺著，有時還發生更切迫的思想：原來這樣就算是在死下去，倒也並不苦痛；但是，臨終的一刹那，也許並不這樣的罷；然而，一世只有一次，無論怎樣，總是受得了的……。後來，卻有了轉機，好起來了。到現在，我想，這些大約並不是真的要死之前的情形，真的要死，是連這些想頭也未必有的，但究竟如何，我也不知道。

九月五日。

關於太炎先生二三事

前一些時，上海的官紳為太炎先生開追悼會，赴會者不滿百人，遂在寂寞中閉幕，於是有人慨嘆，以為青年們對於本國的學者，竟不如對於外國的高爾基的熱誠。這慨嘆其實是不得當的。官紳集會，一向為小民所不敢到；況且高爾基是戰鬥的作家，太炎先生雖先前也以革命家現身，後來卻退居於寧靜的學者，用自己所手造的和別人所幫造的牆，和時代隔絕了。紀念者自然有人，但也許將為大多數所忘卻。

我以為先生的業績，留在革命史上的，實在比在學術史上還要大。回憶三十餘年之前，木板的《訄書》已經出版了，我讀不斷，當然也看不懂，恐怕那時的青年，這樣的多得很。我的知道中國有太炎先生，並非因為他的經學和小學，是為了他駁斥康有為和作鄒容的《革命軍》序，竟被監禁於上海的西牢。那時留學日本的浙籍學生，正辦雜誌《浙江潮》，其中即載有先生獄中所作詩，卻並不難懂。這使我感動，也至今並沒有忘記，現在抄兩首在下面——

〈獄中贈鄒容〉

鄒容吾小弟，被發下瀛洲。
快剪刀除辮，乾牛肉作餱。
英雄一入獄，天地亦悲秋。
臨命須摻手，乾坤只兩頭。

〈獄中聞沈禹希見殺〉

不見沈生久，江湖知隱淪。
蕭蕭悲壯士，今在易京門。
螭魅羞爭焰，文章總斷魂。
中陰當待我，南北幾新墳。

一九〇六年六月出獄，即日東渡，到了東京，不久就主持《民報》。我愛看這《民報》，但並非為了先生的文筆古奧，索解為難，或說佛法，談「俱分進化」，是為了他和主張保皇的梁啟超鬥爭，和「〇〇」的〇〇〇半爭，和「以《紅樓夢》為成佛之要道」的〇〇〇鬥爭，真是所向披靡，令人神旺。前去聽講也在這時候，但又並非因為他是學者，卻為了他是有學問的革命家，所以直到現在，先生的音容笑貌，還在目前，而所講的《說文解字》，卻一句也不記得了。

民國元年革命後，先生的所志已達，該可以大有作為了，然而還是不得志。這也是和高爾基的生受崇敬，死備哀榮，截然兩樣的。我以為兩人遭遇的所以不同，其原因乃在高爾基先前的理想，後來都成為事實，他的一身，就是大眾的一體，喜怒哀樂，無不相通；而先生則排滿之志雖伸，但視為最緊要的「第一是用宗教發起信心，增進國民的道德；第二是用國粹激動種性，增進愛國的熱腸」（見《民報》第六本），卻僅止於高妙的幻想；不久而袁世凱又攘奪國柄，以遂私圖，就更使先生失卻實地，僅垂空文，至於今，惟我們的「中華民國」之稱，尚係發源於先生的〈中華民國解〉（最先亦見《民報》），為巨大的紀念而已，然而知道這一重公案者，恐怕也已經不多了。既離民眾，漸入頹唐，後來的參與投壺，接收饋贈，遂每為論者所不滿，但這也不過白圭之玷，並非晚節不終。考其生平，以大勳章作扇墜，臨總統府之門，大詬袁世凱的包藏禍心者，並世無第二人；七被追捕，三入牢獄，而革命之志，終不屈撓者，並世亦無第二人：這才是先哲的精神，後生的楷範。近有文儈，勾結小報，竟也作文奚落先生以自鳴得意，真可謂「小人不欲成人之美」，而且「蚍蜉撼大樹，可笑不自量」了！

但革命之後，先生亦漸為昭示後世計，自藏其鋒芒。浙江所刻的《章氏叢書》，是出於手定的，大約以為駁難攻訐，至於忿詈，有違古之儒風，足以貽譏多士的罷，先前的見於期刊的鬥爭的文章，竟多被刊落，上文所引的詩兩首，亦不見於《詩錄》中。一九三三年刻《章氏叢書續編》於北平，所收不多，而更純謹，且不取舊作，當然也無鬥爭之作，先生遂身衣學術的華袞，粹然成為儒宗，執贄願為弟子者綦眾，至於倉皇制《同門錄》成冊。近閱日報，有保護版權的廣告，有三續叢書的記事，可見又將有遺著出版了，但補入先前戰鬥的文章與否，卻無從知道。戰鬥的文章，乃是先生一生中最大，最久的業績，假使未備，我以為是應該一一輯錄，校印，使先生和後生相印，活在戰鬥者的心中的。然而此時此際，恐怕也未必能如所望罷，嗚呼！

十月九日。

因太炎先生而想起的二三事

寫完題目，就有些躊躕，怕空話多於本文，就是俗語之所謂「雷聲大，雨點小」。

做了〈關於太炎先生二三事〉以後，好像還可以寫一點閒文，但已經沒有力氣，只得停止了。第二天一覺醒來，日報已到，拉過來一看，不覺自己摩一下頭頂，驚嘆道：「二十五周年的雙十節！原來中華民國，已過了一世紀的四分之一了，豈不快哉！」但這「快」是迅速的意思。後來亂翻增刊，偶看見新作家的憎惡老人的文章，便如兜頂澆半瓢冷水。自己心裡想，老人這東西，恐怕也真為青年所不耐的。例如我罷，性情即日見乖張，二十五年而已，卻偏喜歡說一世紀的四分之一，以形容其多，真不知忙著什麼；而且這摩一下頭頂的手勢，也實在可以說是太落伍了。

這手勢，每當驚喜或感動的時候，我也已經用了一世紀的四分之一，猶言「辮子究竟剪去了」，原是勝利的表示。這種心情，和現在的青年也是不能相通的。

假使都會上有一個拖著辮子的人，三十左右的壯年和二十上下的青年，看見了恐怕只以為珍奇，或者竟覺得有趣，但我卻仍然要憎恨，憤怒，因為自己是曾經因此吃苦的人，以剪辮為一大公案的緣故。我的愛護中華民國，焦唇敝舌，恐其衰微，大半正為了使我們得有剪辮的自由，假使當初為了保存古跡，留辮不剪，我大約是決不會這樣愛它的。張勳來也好，段祺瑞來也好，我真自愧遠不及有些士君子的大度。

當還是孩子時，那時的老人指教我說：剃頭擔上的旗竿，三百年前是掛頭的。滿人入關，下令拖辮，剃頭人沿路拉人剃髮，誰敢抗拒，便砍下頭來掛在旗竿上，再去拉別的人。那時的剃髮，先用水擦再用刀刮，確是氣悶的，但掛頭故事卻並不引起我的驚懼，因為即使不高興剃髮，剃頭人不但不來砍下我的腦袋，還從旗竿鬥裡摸出糖來，說剃完就可以吃，已經換了懷柔方略了。見慣者不怪，對辮子也不覺其醜，何況花樣繁多，以姿態論，則辮子有鬆打，有緊打，辮線有三股，有散線，周圍有看髮（即今之「劉海」），看髮有長短，長看髮又可打成兩條細辮子，環於頂搭之周圍，顧影自憐，為美男子；以作用論，則打架時可拔，犯奸時可剪，做戲的可掛於鐵竿，為父的可鞭其子女，變把戲的將頭搖動，能飛舞如龍蛇，昨在路上，看見巡捕拿人，一手一個，以一捕二，倘在辛亥革命前，則一把辮子，至少十多個，為治民計，也極方便的。不幸的是所謂「海禁大開」，士人漸讀洋書，因知比較，縱使不被洋人稱為「豬尾」，而既不全剃又不全留，剃掉一圈。留下一撮，打成尖辮，如慈菇芽，也未免自己覺得毫無道理，大可不必了。

我想，這是縱使生於民國的青年，一定也都知道的。清光緒中，曾有康有為者變過法，不成，作為反動，是義和團起事，而八國聯軍遂入京，這年代很容易記，是恰在一千九百年，十九世紀的結末。於是滿清官民，又要維新了，維新有老譜，照例是派官出洋去考察，和派學生出洋去留學。我便是那時被兩江總督派赴日本的人們之中的一個，自然，排滿的學說和辮子的罪狀和文字獄的大略，是早經知道了一些的，而最初在實際上感到不便的，卻是那辮子。

凡留學生一到日本，急於尋求的大抵是新知識。除學習日文，準備進專門的學校之外，就赴會館，跑書店，往集會，聽講演。我第一次所經歷的是在一個忘了名目的會場上，看見一位頭包白紗布，用無錫腔講演排滿的英勇的青年，不覺肅然起敬。但聽下去，到得他說「我在這裡罵老太婆，老太婆一定也在那裡罵吳稚暉」，聽講者一陣大笑的時候，就感到沒趣，覺得留學生好像也不外乎嬉皮笑臉。「老太婆」者，指清朝的西太后。吳稚暉在東京開會罵西太后，是眼前的事實無疑，但要說這時西太后也正在北京開會罵吳稚暉，我可不相信。講演固然不妨夾著笑罵，但無聊的打諢，是非徒無益，而且有害的。不過吳先生這時卻正在和公使蔡鈞大戰，名馳學界，白紗布下面，就藏著名譽的傷痕。不久，就被遞解回國，路經皇城外的河邊時，他跳了下去，但立刻又被撈起，押送回去了。這就是後來太炎先生和他筆戰時，文中之所謂「不投大壑而投陽溝，面目上露」。其實是日本的御溝並不狹小，但當警官護送之際，卻即使並未「面目上露」，也一定要被撈起的。這筆戰愈來愈凶，終至夾著毒詈，今年吳先生譏刺太炎先生受國民政府優遇時，還提起這件事，這是三十餘年前的舊賬，至今不忘，可見怨毒之深了。但先生手定的《章氏叢書》內，卻都不收錄這些攻戰的文章。先生力排清虜，而服膺於幾個清儒，殆將希蹤古賢，故不欲以此等文字自穢其著述——但由我看來，其實是吃虧，上當的，此種醇風，正使物能遁形，貽患千古。

剪掉辮子，也是當時一大事。太炎先生去髮時，作〈解辮髮〉，有云——

「……共和二千七百四十一年，秋七月，余年三十三矣。是時滿洲政府不道，戕虐朝士，橫挑強鄰，戮使略賈，四維交攻。憤東胡之無狀，漢族之不得職，隕涕涔涔曰：余年已立，而猶被戎狄之服，不違咫尺，弗能剪除，余之罪也。將荐紳束髮，以復近古，日既不給，衣又不可得。於是曰：昔祁班孫，釋隱玄，皆以明氏遺老，斷髮以歿。《春秋・穀梁傳》曰：吳祝髮。《漢書・嚴助傳》曰：越劗髮。晉灼曰：劗，張揖以為古剪字也。余故吳、越間民，去之，亦猶行古之道也。……」

文見於木刻初版和排印再版的《書》中，後經更定，改名《檢論》時，也被刪掉了。我的剪辮，卻並非因為我是越人，越在古昔，「斷髮文身」，今特效之，以見先民儀矩，也毫不含有革命性，歸根結蒂，只為了不便：一不便於脫帽，二不便於體操，三盤在囟門上，令人很氣悶。在事實上，無辮之徒，回國以後，默然留長，化為不二之臣者也多得很。而黃克強在東京作師範學生時，就始終沒有斷髮，也未嘗大叫革命，所略顯其楚人的反抗的蠻性者，惟因日本學監，誡學生不可赤膊，他卻偏光著上身，手挾洋磁臉盆，從浴室經過大院子，搖搖擺擺的走入自修室去而已。

《野草》題辭

當我沉默著的時候，我覺得充實；我將開口，同時感到空虛。

過去的生命已經死亡。我對於這死亡有大歡喜，因為我借此知道它曾經存活。死亡的生命已經朽腐。我對於這朽腐有大歡喜，因為我借此知道它還非空虛。

生命的泥委棄在地面上，不生喬木，只生野草，這是我的罪過。

野草，根本不深，花葉不美，然而吸取露，吸取水，吸取陳死人的血和肉，各各奪取它的生存。當生存時，還是將遭踐踏，將遭刪刈，直至於死亡而朽腐。

但我坦然，欣然。我將大笑，我將歌唱。

我自愛我的野草，但我憎惡這以野草作裝飾的地面。

地火在地下運行，奔突；熔岩一旦噴出，將燒盡一切野草，以及喬木，於是並且無可朽腐。

但我坦然，欣然。我將大笑，我將歌唱。

天地有如此靜穆，我不能大笑而且歌唱。天地即不如此靜穆，我或者也將不能。我以這一叢野草，在明與暗，生與死，過去與未來之際，獻於友與仇，人與獸，愛者與不愛者之前作證。

為我自己，為友與仇，人與獸，愛者與不愛者，我希望這野草的死亡與朽腐，火速到來。要不然，我先就未曾生存，這實在比死亡與朽腐更其不幸。

去罷，野草，連著我的題辭！

一九二七年四月二十六日，魯迅記於廣州之白雲樓上。

《野草》英文譯本序

馮Y. S. 先生由他的友人給我看《野草》的英文譯本，並且要我說幾句話。可惜我不懂英文，只能自己說幾句。但我希望，譯者將不嫌我只做了他所希望的一半的。

這二十多篇小品，如每篇末尾所注，是一九二四至二六年在北京所作，陸續發表於期刊《語絲》上的。大抵僅僅是隨時的小感想。因為那時難於直說，所以有時措辭就很含糊了。

現在舉幾個例罷。因為諷刺當時盛行的失戀詩，作〈我的失戀〉，因為憎惡社會上旁觀者之多，作〈復仇〉第一篇，又因為驚異於青年之消沉，作〈希望〉。〈這樣的戰士〉是有感於文人學士們幫助軍閥而作。〈臘葉〉是為愛我者的想要保存我而作的。段祺瑞政府槍擊徒手民眾後，作〈淡淡的血痕中〉，其時我已避居別處；奉天派和直隸派軍閥戰爭的時候，作了〈一覺〉，此後，我就不能住在北京了。

所以，這也可以說，大半是廢弛的地獄邊沿的慘白色小花，當然不會美麗。但這地獄也必須失掉。這是由幾個有雄辯和辣手，而那時還未得志的英雄們的臉色和語氣所告訴我的。我於是作〈失掉的好地獄〉。

後來，我不再作這樣的東西了。日在變化的時代，已不許這樣的文章，甚而至於這樣的感想存在。我想，這也許倒是好的罷。為譯本而作的序言，也應該在這裡結束了。

十一月五日。

秋夜

在我的後園，可以看見牆外有兩株樹，一株是棗樹，還有一株也是棗樹。

這上面的夜的天空，奇怪而高，我生平沒有見過這樣的奇怪而高的天空。他仿佛要離開人間而去，使人們仰面不再看見。然而現在卻非常之藍，閃閃地了著幾十個星星的眼，冷眼。他的口角上現出微笑，似乎自以為大有深意，而將繁霜灑在我的園裡的野花草上。

我不知道那些花草真叫什麼名字，人們叫他們什麼名字。我記得有一種開過極細小的粉紅花，現在還開著，但是更極細小了，她在冷的夜氣中，瑟縮地做夢，夢見春的到來，夢見秋的到來，夢見瘦的詩人將眼淚擦在她最末的花瓣上，告訴她秋雖然來，冬雖然來，而此後接著還是春，蝴蝶亂飛，蜜蜂都唱起春詞來了。她於是一笑，雖然顏色凍得紅慘慘地，仍然瑟縮著。

棗樹，他們簡直落盡了葉子。先前，還有一兩個孩子來打他們別人打剩的棗子，現在是一個也不剩了，連葉子也落盡了。他知道小粉紅花的夢，秋後要有春；

他也知道落葉的夢，春後還是秋。他簡直落盡葉子，單剩幹子，然而脫了當初滿樹是果實和葉子時候的弧形，欠伸得很舒服。但是，有幾枝還低亞著，護定他從打棗的竿梢所得的皮傷，而最直最長的幾枝，卻已默默地鐵似的直刺著奇怪而高的天空，使天空閃閃地鬼眼；直刺著天空中圓滿的月亮，使月亮窘得發白。

鬼眼的天空越加非常之藍，不安了，彷彿想離去人間，避開棗樹，只將月亮剩下。然而月亮也暗暗地躲到東邊去了。而一無所有的幹子，卻仍然默默地鐵似的直刺著奇怪而高的天空，一意要制他的死命，不管他各式各樣地著許多蠱惑的眼睛。

哇的一聲，夜遊的惡鳥飛過了。

我忽而聽到夜半的笑聲，吃吃地，似乎不願意驚動睡著的人，然而四圍的空氣都應和著笑。夜半，沒有別的人，我即刻聽出這聲音就在我嘴裡，我也即刻被這笑聲所驅逐，回進自己的房。燈火的帶子也即刻被我旋高了。

後窗的玻璃上丁丁地響，還有許多小飛蟲亂撞。不多久，幾個進來了，許是從窗紙的破孔進來的。他們一進來，又在玻璃的燈罩上撞得丁丁地響。一個從上面撞進去了，他於是遇到火，而且我以為這火是真的。兩三個卻休息在燈的紙罩上喘氣。那罩是昨晚新換的罩，雪白的紙，摺出波浪紋的疊痕，一角還畫出一枝猩紅色的梔子。

猩紅的梔子開花時，棗樹又要做小粉紅花的夢，青葱地彎成弧形了……。我又聽到夜半的笑聲；我趕緊砍斷我的心緒，看那老在白紙罩上的小青蟲，頭大尾小，向日葵子似的，只有半粒小麥那麼大，遍身的顏色蒼翠得可愛，可憐。

我打一個呵欠，點起一支紙煙，噴出煙來，對著燈默默地敬奠這些蒼翠精緻的英雄們。

一九二四年九月十五日。

影的告別

人睡到不知道時候的時候，就會有影來告別，說出那些話——

有我所不樂意的在天堂裡，我不願去；
有我所不樂意的在地獄裡，我不願去；
有我所不樂意的在你們將來的黃金世界裡，我不願去。
然而你就是我所不樂意的。
朋友，我不想跟隨你了，我不願住。我不願意！
嗚乎嗚乎，我不願意，我不如彷徨於無地。

我不過一個影，要別你而沉沒在黑暗裡了。
然而黑暗又會吞併我，
然而光明又會使我消失。

然而我不願彷徨於明暗之間，
我不如在黑暗裡沉沒。

然而我終於彷徨於明暗之間，
我不知道是黃昏還是黎明。
我姑且舉灰黑的手裝作喝乾一杯酒，
我將在不知道時候的時候獨自遠行。
嗚乎嗚乎，倘若黃昏，黑夜自然會來沉沒我，
否則我要被白天消失，如果現是黎明。

朋友，時候近了。
我將向黑暗裡彷徨於無地。
你還想我的贈品。我能獻你什麼呢？
無已，則仍是黑暗和虛空而已。
但是，我願意只是黑暗，或者會消失於你的白天；

我願意只是虛空，決不占你的心地。

我願意這樣，朋友——

我獨自遠行，不但沒有你，並且再沒有別的影在黑暗裡。

只有我被黑暗沉沒，那世界全屬於我自己。

一九二四年九月二十四日。

求乞者

我順著剝落的高牆走路，踏著鬆的灰土。另外有幾個人，各自走路。微風起來，露在牆頭的高樹的枝條帶著還未乾枯的葉子在我頭上搖動。

微風起來，四面都是灰土。

一個孩子向我求乞，也穿著夾衣，也不見得悲戚，而攔著磕頭，追著哀呼。

我厭惡他的聲調，態度。我憎惡他並不悲哀，近於兒戲；我煩厭他這追著哀呼。

我走路。另外有幾個人各自走路。微風起來，四面都是灰土。

一個孩子向我求乞，也穿著夾衣，也不見得悲戚，但是啞的，攤開手，裝著手勢。

我就憎惡他這手勢。而且，他或者並不啞，這不過是一種求乞的法子。

我不布施，我無布施心，我但居布施者之上，給與煩膩，疑心，憎惡。

我順著倒敗的泥牆走路，斷磚疊在牆缺口，牆裡面沒有什麼。微風起來，送秋寒穿透我的夾衣；四面都是灰土。

我想著我將用什麼方法求乞：發聲，用怎樣聲調？裝啞，用怎樣手勢？……

另外有幾個人各自走路。

我將得不到布施，得不到布施心；我將得到自居於布施之上者的煩膩，疑心，憎惡。

我將用無所為和沉默求乞……

我至少將得到虛無。

微風起來，四面都是灰土。另外有幾個人各自走路。

灰土，灰土，……

……

灰土……

一九二四年九月二十四日。

我的失戀
——擬古的新打油詩

我的所愛在山腰；
想去尋她山太高，
低頭無法淚沾袍。
愛人贈我百蝶巾；
回她什麼：貓頭鷹。
從此翻臉不理我，
不知何故兮使我心驚。

我的所愛在鬧市；
想去尋她人擁擠，
仰頭無法淚沾耳。

愛人贈我雙燕圖；
回她什麼：冰糖壺盧。
從此翻臉不理我，
不知何故兮使我糊塗。

我的所愛在河濱；
想去尋她河水深，
歪頭無法淚沾襟。
愛人贈我金表索；
回她什麼：發汗藥。
從此翻臉不理我，
不知何故兮使我神經衰弱。

我的所愛在豪家；
想去尋她兮沒有汽車，

搖頭無法淚如麻。
愛人贈我玫瑰花；
回她什麼：赤練蛇。
從此翻臉不理我，
不知何故兮——由她去罷。

一九二四年十月三日。

復仇

人的皮膚之厚，大概不到半分，鮮紅的熱血，就循著那後面，在比密密層層地爬在牆壁上的槐蠶更其密的血管裡奔流，散出溫熱。於是各以這溫熱互相蠱惑，煽動，牽引，拼命地希求偎倚，接吻，擁抱，以得生命的沉酣的大歡喜。

但倘若用一柄尖銳的利刃，只一擊，穿透這桃紅色的，菲薄的皮膚，將見那鮮紅的熱血激箭似的以所有溫熱直接灌溉殺戮者；其次，則給以冰冷的呼吸，示以淡白的嘴唇，使之人性茫然，得到生命的飛揚的極致的大歡喜；而其自身，則永遠沉浸於生命的飛揚的極致的大歡喜中。

這樣，所以，有他們倆裸著全身，捏著利刃，對立於廣漠的曠野之上。

他們倆將要擁抱，將要殺戮……

路人們從四面奔來，密密層層地，如槐蠶爬上牆壁，如螞蟻要扛鯗頭。衣服都漂亮，手倒空的。然而從四面奔來，而且拼命地伸長頸子，要賞鑒這擁抱或殺戮。他們已經豫覺著事後的自己的舌上的汗或血的鮮味。

然而他們倆對立著，在廣漠的曠野之上，裸著全身，捏著利刃，然而也不擁抱，也不殺戮，而且也不見有擁抱或殺戮之意。

他們倆這樣地至於永久，圓活的身體，已將乾枯，然而毫不見有擁抱或殺戮之意。

路人們於是乎無聊；覺得有無聊鑽進他們的毛孔，覺得有無聊從他們自己的心中由毛孔鑽出，爬滿曠野，又鑽進別人的毛孔中。他們於是覺得喉舌乾燥，脖子也乏了；終至於面面相覷，慢慢走散；甚而至於居然覺得乾枯到失了生趣。

於是只剩下廣漠的曠野，而他們倆在其間裸著全身，捏著利刃，乾枯地立著；以死人似的眼光，賞鑒這路人們的乾枯，無血的大戮，而永遠沉浸於生命的飛揚的極致的大歡喜中。

一九二四年十二月二十日。

復仇（其二）

因為他自以為神之子，以色列的王，所以去釘十字架。

兵丁們給他穿上紫袍，戴上荊冠，慶賀他；又拿一根葦子打他的頭，吐他，屈膝拜他；戲弄完了，就給他脫了紫袍，仍穿他自己的衣服。

看哪，他們打他的頭，吐他，拜他……

他不肯喝那用沒藥調和的酒，要分明地玩味以色列人怎樣對付他們的神之子，而且較永久地悲憫他們的前途，然而仇恨他們的現在。

四面都是敵意，可悲憫的，可咒詛的。

丁丁地響，釘尖從掌心穿透，他們要釘殺他們的神之子了，可憫的人們呵，使他痛得柔和。丁丁地響，釘尖從腳背穿透，釘碎了一塊骨，痛楚也透到心髓中，然而他們自己釘殺著他們的神之子了，可咒詛的人們呵，這使他痛得舒服。

十字架豎起來了；他懸在虛空中。

他沒有喝那用沒藥調和的酒，要分明地玩味以色列人怎樣對付他們的神之子，而且較永久地悲憫他們的前途，然而仇恨他們的現在。

路人都辱罵他，祭司長和文士也戲弄他，和他同釘的兩個強盜也譏誚他。

看哪，和他同釘的……

四面都是敵意，可悲憫的，可咒詛的。

他在手足的痛楚中，玩味著可憫的人們的釘殺神之子的悲哀和可咒詛的人們要釘殺神之子，而神之子就要被釘殺了的歡喜。突然間，碎骨的大痛楚透到心髓了，他即沉酣於大歡喜和大悲憫中。他腹部波動了，悲憫和咒詛的痛楚的波。

遍地都黑暗了。

「以羅伊，以羅伊，拉馬撒巴各大尼？！」（翻出來，就是：我的上帝，你為什麼離棄我？！）

上帝離棄了他，他終於還是一個「人之子」；然而以色列人連「人之子」都釘殺了。

釘殺了「人之子」的人們的身上，比釘殺了「神之子」的尤其血汙，血腥。

一九二四年十二月二十日。

希望

我的心分外地寂寞。

然而我的心很平安：沒有愛憎，沒有哀樂，也沒有顏色和聲音。

我大概老了。我的頭髮已經蒼白，不是很明白的事麼？我的手顫抖著，不是很明白的事麼？那麼，我的魂靈的手一定也顫抖著，頭髮也一定蒼白了。

然而這是許多年前的事了。

這以前，我的心也曾充滿過血腥的歌聲：血和鐵，火焰和毒，恢復和報仇。而忽而這些都空虛了，但有時故意地填以沒奈何的自欺的希望。希望，希望，用這希望的盾，抗拒那空虛中的暗夜的襲來，雖然盾後面也依然是空虛中的暗夜。然而就是如此，陸續地耗盡了我的青春。

我早先豈不知我的青春已經逝去了？但以為身外的青春固在：星，月光，僵墜的蝴蝶，暗中的花，貓頭鷹的不祥之言，杜鵑的啼血，笑的渺茫，愛的翔舞……。雖然是悲涼漂渺的青春罷，然而究竟是青春。

然而現在何以如此寂寞？難道連身外的青春也都逝去，世上的青年也多衰老了麼？

我只得由我來肉薄這空虛中的暗夜了。我放下了希望之盾，我聽到 Petöfi Sándor（1823—49）的「希望」之歌：

希望是什麼？是娼妓：
她對誰都蠱惑，將一切都獻給；
待你犧牲了極多的寶貝——
你的青春——她就棄掉你。

這偉大的抒情詩人，匈牙利的愛國者，為了祖國而死在可薩克兵的矛尖上，已經七十五年了。悲哉死也，然而更可悲的是他的詩至今沒有死。

但是，可慘的人生！桀驁英勇如 Petöfi，也終於對了暗夜止步，回顧著茫茫的東方了。他說：

絕望之為虛妄，正與希望相同。

倘使我還得偷生在不明不暗的這「虛妄」中，我就還要尋求那逝去的悲涼漂渺的青春，但不妨在我的身外。因為身外的青春倘一消滅，我身中的遲暮也即凋零了。

然而現在沒有星和月光，沒有僵墜的蝴蝶以至笑的渺茫，愛的翔舞。然而青年們很平安。

我只得由我來肉薄這空虛中的暗夜了，縱使尋不到身外的青春，也總得自己來一擲我身中的遲暮。但暗夜又在那裡呢？現在沒有星，沒有月光以至笑的渺茫和愛的翔舞；青年們很平安，而我的面前又竟至於並且沒有真的暗夜。

絕望之為虛妄，正與希望相同！

一九二五年一月一日。

風箏

北京的冬季，地上還有積雪，灰黑色的禿樹枝丫叉於晴朗的天空中，而遠處有一二風箏浮動，在我是一種驚異和悲哀。

故鄉的風箏時節，是春二月，倘聽到沙沙的風輪聲，仰頭便能看見一個淡墨色的蟹風箏或嫩藍色的蜈蚣風箏。還有寂寞的瓦片風箏，沒有風輪，又放得很低，伶仃地顯出憔悴可憐模樣。但此時地上的楊柳已經發芽，早的山桃也多吐蕾，和孩子們的天上的點綴相照應，打成一片春日的溫和。我現在在那裡呢？四面都還是嚴冬的肅殺，而久經訣別的故鄉的久經逝去的春天，卻就在這天空中蕩漾了。

但我是向來不愛放風箏的，不但不愛，並且嫌惡他，因為我以為這是沒出息孩子所做的玩藝。和我相反的是我的小兄弟，他那時大概十歲內外罷，多病，瘦得不堪，然而最喜歡風箏，自己買不起，我又不許放，他只得張著小嘴，呆看著空中出神，有時至於小半日。遠處的蟹風箏突然落下來了，他驚呼；兩個瓦片風箏的纏繞解開了，他高興得跳躍。他的這些，在我看來都是笑柄，可鄙的。

有一天，我忽然想起，似乎多日不很看見他了，但記得曾見他在後園拾枯竹。我恍然大悟似的，便跑向少有人去的一間堆積雜物的小屋去，推開門，果然就在塵封的什物堆中發見了他。他向著大方凳，坐在小凳上；便很驚惶地站了起來，失了色瑟縮著。大方凳旁靠著一個蝴蝶風箏的竹骨，還沒有糊上紙，凳上是一對做眼睛用的小風輪，正用紅紙條裝飾著，將要完工了。我在破獲祕密的滿足中，又很憤怒他的瞞了我的眼睛，這樣苦心孤詣地來偷做沒出息孩子的玩藝。我即刻伸手折斷了蝴蝶的一支翅骨，又將風輪擲在地下，踏扁了。論長幼，論力氣，他是都敵不過我的，我當然得到完全的勝利，於是傲然走出，留他絕望地站在小屋裡。後來他怎樣，我不知道，也沒有留心。

然而我的懲罰終於輪到了，在我們離別得很久之後，我已經是中年。我不幸偶而看了一本外國的講論兒童的書，才知道遊戲是兒童最正當的行為，玩具是兒童的天使。於是二十年來毫不憶及的幼小時候對於精神的虐殺的這一幕，忽地在眼前展開，而我的心也仿佛同時變了鉛塊，很重很重的墮下去了。

但心又不竟墮下去而至於斷絕，他只是很重很重地墮著，墮著。

我也知道補過的方法的：送他風箏，贊成他放，勸他放，我和他一同放。我們嚷著，跑著，笑著。——然而他其時已經和我一樣，早已有了鬍子了。

我也知道還有一個補過的方法的：去討他的寬恕，等他說，「我可是毫不怪你呵。」那麼，我的心一定就輕鬆了，這確是一個可行的方法。有一回，我們會面的時候，是臉上都已添刻了許多「生」的辛苦的條紋，而我的心很沉重。我們漸漸談起兒時的舊事來，我便敘述到這一節，自說少年時代的糊塗。「我可是毫不怪你呵。」我想，他要說了，我即刻便受了寬恕，我的心從此也寬鬆了罷。

「有過這樣的事麼？」他驚異地笑著說，就像旁聽著別人的故事一樣。他什麼也不記得了。

全然忘卻，毫無怨恨，又有什麼寬恕之可言呢？無怨的恕，說謊罷了。

我還能希求什麼呢？我的心只得沉重著。

現在，故鄉的春天又在這異地的空中了，既給我久經逝去的兒時的回憶，而一併也帶著無可把握的悲哀。我倒不如躲到肅殺的嚴冬中去罷，——但是，四面又明明是嚴冬，正給我非常的寒威和冷氣。

一九二五年一月二十四日。

好的故事

燈火漸漸地縮小了，在預告石油的已經不多；石油又不是老牌，早熏得燈罩很昏暗。鞭爆的繁響在四近，煙草的煙霧在身邊：是昏沉的夜。

我閉了眼睛，向後一仰，靠在椅背上；捏著《初學記》的手擱在膝髁上。

我在朦朧中，看見一個好的故事。

這故事很美麗，幽雅，有趣。許多美的人和美的事，錯綜起來像一天雲錦，而且萬顆奔星似的飛動著，同時又展開去，以至於無窮。

我仿佛記得曾坐小船經過山陰道，兩岸邊的烏桕，新禾，野花，雞，狗，叢樹和枯樹，茅屋，塔，伽藍，農夫和村婦，村女，晒著的衣裳，和尚，蓑笠，天，雲，竹，……都倒影在澄碧的小河中，隨著每一打槳，各各夾帶了閃爍的日光，並水裡的萍藻游魚，一同蕩漾。諸影諸物，無不解散，而且搖動，擴大，互相融和；剛一融和，卻又退縮，復近於原形。邊緣都參差如夏雲頭，鑲著日光，發出水銀色焰。凡是我所經過的河，都是如此。

現在我所見的故事也如此。水中的青天的底子，一切事物統在上面交錯，織成一篇，永是生動，永是展開，我看不見這一篇的結束。

河邊枯柳樹下的幾株瘦削的一丈紅，該是村女種的罷。大紅花和斑紅花，都在水裡面浮動，忽而碎散，拉長了，縷縷的胭脂水，然而沒有暈。茅屋，狗，塔，村女，雲，……也都浮動著。大紅花一朵朵全被拉長了，這時是潑剌奔迸的紅錦帶。帶織入狗中，狗織入白雲中，白雲織入村女中……。在一瞬間，他們又將退縮了。但斑紅花影也已碎散，伸長，就要織進塔，村女，狗，茅屋，雲裡去。

現在我所見的故事清楚起來了，美麗，幽雅，有趣，而且分明。青天上面，有無數美的人和美的事，我一一看見，一一知道。

我就要凝視他們……。

我正要凝視他們時，驟然一驚，睜開眼，雲錦也已皺蹙，凌亂，仿佛有誰擲一塊大石下河水中，水波陡然起立，將整篇的影子撕成片片了。我無意識地趕忙捏住幾乎墜地的《初學記》，眼前還剩著幾點虹霓色的碎影。

我真愛這一篇好的故事，趁碎影還在，我要追回他，完成他，留下他。

我抛了書，欠身伸手去取筆，——何嘗有一絲碎影，只見昏暗的燈光，我不在小船裡了。

但我總記得見過這一篇好的故事，在昏沉的夜……。

一九二五年二月二十四日。

戰士和蒼蠅

Schopenhauer說過這樣的話：要估定人的偉大，則精神上的大和體格上的大，那法則完全相反。後者距離愈遠即愈小，前者卻見得愈大。

正因為近則愈小，而且愈看見缺點和創傷，所以他就和我們一樣，不是神道，不是妖怪，不是異獸。他仍然是人，不過如此。但也惟其如此，所以他是偉大的人。

戰士戰死了的時候，蒼蠅們所首先發見的是他的缺點和傷痕，嘬著，營營地叫著，以為得意，以為比死了的戰士更英雄。但是戰士已經戰死了，不再來揮去他們。於是乎蒼蠅們即更其營營地叫，自以為倒是不朽的聲音，因為它們的完全，遠在戰士之上。的確的，誰也沒有發見過蒼蠅們的缺點和創傷。

然而，有缺點的戰士終竟是戰士，完美的蒼蠅也終竟不過是蒼蠅。

去罷，蒼蠅們！雖然生著翅子，還能營營，總不會超過戰士的。你們這些蟲豸們！

三月二十一日。

夏三蟲

夏天近了，將有三蟲：蚤，蚊，蠅。

假如有誰提出一個問題，問我三者之中，最愛什麼，而且非愛一個不可，又不准像「青年必讀書」那樣的繳白卷的。我便只得回答道：跳蚤。

跳蚤的來吮血，雖然可惡，而一聲不響地就是一口，何等直截爽快。蚊子便不然了，一針叮進皮膚，自然還可以算得有點徹底的，但當未叮之前，要哼哼地發一篇大議論，卻使人覺得討厭。如果所哼的是在說明人血應該給它充饑的理由，那可更其討厭了，幸而我不懂。

野雀野鹿，一落在人手中，總時時刻刻想要逃走。其實，在山林間，上有鷹鸇，下有虎狼，何嘗比在人手裡安全。為什麼當初不逃到人類中來，現在卻要逃到鷹鸇虎狼間去？或者，鷹鸇虎狼之於它們，正如跳蚤之於我們罷。肚子餓了，抓著就是一口，決不談道理，弄玄虛。被吃者也無須在被吃之前，先承認自己之理應被吃，心悅誠服，誓死不二。人類，可是也頗擅長於哼哼的了，害中取小，它們的避之惟恐不速，正是絕頂聰明。

蒼蠅嗡嗡地鬧了大半天，停下來也不過舐一點油汗，倘有傷痕或瘡癤，自然更占一些便宜；無論怎麼好的，美的，乾淨的東西，又總喜歡一律拉上一點蠅矢。但因為只舐一點油汗，只添一點醃臢，在麻木的人們還沒有切膚之痛，所以也就將它放過了。中國人還不很知道它能夠傳播病菌，捕蠅運動大概不見得興盛。它們的運命是長久的；還要更繁殖。

但它在好的，美的，乾淨的東西上拉了蠅矢之後，似乎還不至於欣欣然反過來嘲笑這東西的不潔：總要算還有一點道德的。

古今君子，每以禽獸斥人，殊不知便是昆蟲，值得師法的地方也多著哪。

四月四日。

狗的駁詰

我夢見自己在隘巷中行走，衣履破碎，像乞食者。

一條狗在背後叫起來了。

我傲慢地回顧，叱吒說：「呔！住口！你這勢利的狗！」

「嘻嘻！」他笑了，還接著說，「不敢，愧不如人呢。」

「什麼！？」我氣憤了，覺得這是一個極端的侮辱。

「我慚愧：我終於還不知道分別銅和銀；還不知道分別布和綢；還不知道分別官和民；還不知道分別主和奴；還不知道……」

我逃走了。

「且慢！我們再談談……」他在後面大聲挽留。

我一徑逃走，盡力地走，直到逃出夢境，躲在自己的床上。

一九二五年四月二十三日。

雜感

人們有淚，比動物進化，但即此有淚，也就是不進化，正如已經只有盲腸，比鳥類進化，而究竟還有盲腸，終不能很算進化一樣。凡這些，不但是無用的贅物，還要使其人達到無謂的滅亡。

現今的人們還以眼淚贈答，並且以這為最上的贈品，因為他此外一無所有。無淚的人則以血贈答，但又各各拒絕別人的血。

人大抵不願意愛人下淚。但臨死之際，可能也不願意愛人為你下淚麼？無淚的人無論何時，都不願意愛人下淚，並且連血也不要：他拒絕一切為他的哭泣和滅亡。

人被殺於萬眾聚觀之中，比被殺在「人不知鬼不覺」的地方快活，因 以妄想，博得觀眾中的或人的眼淚。但是，無淚的人無論被殺在什麼 並無不同。

殺了無淚的人，一定連血也不見。愛人不覺他被殺之慘 仇人也終於得不到殺他之樂：這是他的報恩和復仇。

死於敵手的鋒刃，不足悲苦；死於不知何來的暗器，卻是悲苦是死於慈母或愛人誤進的毒藥，戰友亂發的流彈，病菌的並無惡意的最悲苦的不是我自己制定的死刑。

仰慕往古的，回往古去罷！想出世的，快出世罷！想上天的，快上天罷！魂要離開肉體的，趕快離開罷！現在的地上，應該是執著現在，執著地上的人們居住的。

但厭惡現世的人們還住著。這都是現世的仇仇，他們一日存在，現世即一日不能得救。

先前，也曾有些願意活在現世而不得的人們，沉默過了，呻吟過了，嘆息過了，哭泣過了，哀求過了，但仍然願意活在現世而不得，因為他們忘卻了憤怒。

勇者憤怒，抽刃向更強者；怯者憤怒，卻抽刃向更弱者。不可救藥的民族中，一定有許多英雄，專向孩子們瞪眼。這些孱頭們！

孩子們在瞪眼中長大了，又向別的孩子們瞪眼，並且想：他們一生都過在憤怒中。因為憤怒只是如此，所以他們要憤怒一生，——而且還要憤怒二世，三世，四世，以至末世。

無論愛什麼，——飯，異性，國，民族，人類等等，——只有糾纏如毒蛇，執著如怨鬼，二六時中，沒有已時者有望。但太覺疲勞時，也無妨休息一會罷；但休息之後，就再來一回罷，而且兩回，三回……。血書，章程，請願，講學，哭，電報，開會，挽聯，演說，神經衰弱，則一切無用。

血書所能掙來的是什麼？不過就是你的一張血書，況且並不好看。至於神經衰弱，其實倒是自己生了病，你不要再當作寶貝了，我的可敬愛而討厭的朋友呀！

我們聽到呻吟，嘆息，哭泣，哀求，無須吃驚。見了酷烈的沉默，就應該留心了；見有什麼像毒蛇似的在屍林中蜿蜒，怨鬼似的在黑暗中賓士，就更應該留心了：這在豫告「真的憤怒」將要到來。那時候，仰慕往古的就要回往古去了，想出世的要出世去了，想上天的要上天了，靈魂要離開肉體的就要離開了，

五月五日。

失掉的好地獄

我夢見自己躺在床上，在荒寒的野外，地獄的旁邊。一切鬼魂們的叫喚無不低微，然有秩序，與火焰的怒吼，油的沸騰，鋼叉的震顫相和鳴，造成醉心的大樂，布告三界：地下太平。

有一偉大的男子站在我面前，美麗，慈悲，遍身有大光輝，然而我知道他是魔鬼。

「一切都已完結，一切都已完結！可憐的鬼魂們將那好的地獄失掉了！」他悲憤地說，於是坐下，講給我一個他所知道的故事——

「天地作蜂蜜色的時候，就是魔鬼戰勝天神，掌握了主宰一切的大威權的時候。他收得天國，收得人間，也收得地獄。他於是親臨地獄，坐在中央，遍身發大光輝，照見一切鬼眾。

「地獄原已廢弛得很久了：劍樹消卻光芒；沸油的邊際早不騰湧；大火聚有時不過冒些青煙，遠處還萌生曼陀羅花，花極細小，慘白可憐。——那是不足為奇的，因為地上曾經大被焚燒，自然失了他的肥沃。

「鬼魂們在冷油溫火裡醒來，從魔鬼的光輝中看見地獄小花，慘白可憐，被大蠱惑，倏忽間記起人世，默想至不知幾多年，遂同時向著人間，發一聲反獄的絕叫。

「人類便應聲而起，仗義執言，與魔鬼戰鬥。戰聲遍滿三界，遠過雷霆。終於運大謀略，布大網羅，使魔鬼並且不得不從地獄出走。最後的勝利，是地獄門上也豎了人類的旌旗！

「當鬼魂們一齊歡呼時，人類的整飭地獄使者已臨地獄，坐在中央，用了人類的威嚴，叱吒一切鬼眾。

「當鬼魂們又發一聲反獄的絕叫時，即已成為人類的叛徒，得到永劫沉淪的罰，遷入劍樹林的中央。

「人類於是完全掌握了主宰地獄的大威權，那威棱且在魔鬼以上。人類於是整頓廢弛，先給牛首阿旁以最高的俸草；而且，添薪加火，磨礪刀山，使地獄全體改觀，一洗先前頹廢的氣象。

「曼陀羅花立即焦枯了。油一樣沸；刀一樣銛；火一樣熱；鬼眾一樣呻吟，一樣宛轉，至於都不暇記起失掉的好地獄。

「這是人類的成功，是鬼魂的不幸……。

「朋友，你在猜疑我了。是的，你是人！我且去尋野獸和惡鬼……。」

一九二五年六月十六日。

墓碣文

我夢見自己正和墓碣對立，讀著上面的刻辭。那墓碣似是沙石所製，剝落很多，又有苔蘚叢生，僅存有限的文句——

……於浩歌狂熱之際中寒；於天上看見深淵。於一切眼中看見無所有；於無所希望中得救。……

……有一遊魂，化為長蛇，口有毒牙。不以齧人，自齧其身，終以殞顛。……

……離開！……

我繞到碣後，才見孤墳，上無草木，且已頹壞。即從大闕口中，窺見死屍，胸腹俱破，中無心肝。而臉上卻絕不顯哀樂之狀，但濛濛如煙然。

我在疑懼中不及回身，然而已看見墓碣陰面的殘存的文句——

……抉心自食，欲知本味。創痛酷烈，本味何能知？……

……痛定之後，徐徐食之。然其心已陳舊，本味又何由知？……

……答我。否則，離開！……

我就要離開。而死屍已在壙中坐起，口唇不動，然而說——

「待我成塵時，你將見我的微笑！」

我疾走，不敢反顧，生怕看見他的追隨。

一九二五年六月十七日。

頹敗線的顫動

我夢見自己在做夢。自身不知所在，眼前卻有一間在深夜中緊閉的小屋的內部，但也看見屋上瓦松的茂密的森林。

板桌上的燈罩是新拭的，照得屋子裡分外明亮。在光明中，在破榻上，在初不相識的披毛的強悍的肉塊底下，有瘦弱渺小的身軀，為饑餓，苦痛，驚異，羞辱，歡欣而顫動。弛緩，然而尚且豐腴的皮膚光潤了；青白的兩頰泛出輕紅，如鉛上塗了胭脂水。

燈火也因驚懼而縮小了，東方已經發白。

然而空中還彌漫地搖動著饑餓，苦痛，驚異，羞辱，歡欣的波濤……。

「媽！」約略兩歲的女孩被門的開闔聲驚醒，在草席圍著的屋角的地上叫起來了。

「還早哩，再睡一會罷！」她驚惶地說。

「媽！我餓，肚子痛。我們今天能有什麼吃的？」

「我們今天有吃的了。等一會有賣燒餅的來，媽就買給你。」她欣慰地更加緊捏著掌中的小銀片，低微的聲音悲涼地發抖，走近屋角去一看她的女兒，移開草席，抱起來放在破榻上。

「還早哩，再睡一會罷。」她說著，同時抬起眼睛，無可告訴地一看破舊的屋頂以上的天空。

空中突然另起了一個很大的波濤，和先前的相撞擊，迴旋而成旋渦，將一切並我盡行淹沒，口鼻都不能呼吸。

我呻吟著醒來，窗外滿是如銀的月色，離天明還很遼遠似的。

我自身不知所在，眼前卻有一間在深夜中緊閉的小屋的內部，我自己知道是在續著殘夢。可是夢的年代隔了許多年了。屋的內外已經這樣整齊；裡面是青年的夫妻，一群小孩子，都怨恨鄙夷地對著一個垂老的女人。

「我們沒有臉見人，就只因為你，」男人氣忿地說。「你還以為養大了她，其實正是害苦了她，倒不如小時候餓死的好！」

「使我委屈一世的就是你！」女的說。

「還要帶累了我！」男的說。

「還要帶累他們哩！」女的說，指著孩子們。

最小的一個正玩著一片乾蘆葉，這時向空中一揮，仿佛一柄鋼刀，大聲說：

「殺！」

那垂老的女人口角正在痙攣，登時一怔，接著便都平靜，不多時候，她冷靜地，骨立的石像似的站起來了。她開開板門，邁步在深夜中走出，遺棄了背後一切的冷罵和毒笑。

她在深夜中盡走，一直走到無邊的荒野；四面都是荒野，頭上只有高天，並無一個蟲鳥飛過。她赤身露體地，石像似的站在荒野的中央，於一刹那間照見過往的一切：饑餓，苦痛，驚異，羞辱，歡欣，於是發抖；害苦，委屈，帶累，於是痙攣；殺，於是平靜。……又於一刹那間將一切併合：眷念與決絕，愛撫與復仇，養育與殲除，祝福與咒詛……。她於是舉兩手儘量向天，口唇間漏出人與獸的，非人間所有，所以無詞的言語。

當她說出無詞的言語時，她那偉大如石像，然而已經荒廢的，頹敗的身軀的全面都顫動了。這顫動點點如魚鱗，每一鱗都起伏如沸水在烈火上；空中也即刻一同振顫，彷彿暴風雨中的荒海的波濤。

她於是抬起眼睛向著天空，並無詞的言語也沉默盡絕，惟有顫動，輻射若太陽光，使空中的波濤立刻迴旋，如遭颶風，洶湧奔騰於無邊的荒野。

我夢魘了，自己卻知道是因為將手擱在胸脯上了的緣故；我夢中還用盡平生之力，要將這十分沉重的手移開。

一九二五年六月二十九日。

立論

我夢見自己正在小學校的講堂上預備作文，向老師請教立論的方法。

「難！」老師從眼鏡圈外斜射出眼光來，看著我，說。「我告訴你一件事——

「一家人家生了一個男孩，闔家高興透頂了。滿月的時候，抱出來給客人看，——大概自然是想得一點好兆頭。

「一個說：『這孩子將來要發財的。』他於是得到一番感謝。

「一個說：『這孩子將來要做官的。』他於是收回幾句恭維。

「一個說：『這孩子將來是要死的。』他於是得到一頓大家合力的痛打。

「說要死的必然，說富貴的許謊。但說謊的得好報，說必然的遭打。你……」

「我願意既不謊人，也不遭打。那麼，老師，我得怎麼說呢？」

「那麼，你得說：『啊呀！這孩子呵！您瞧！多麼……。阿唷！哈哈！Hehe！he，hehehehe！』」

一九二五年七月八日。

死後

我夢見自己死在道路上。

這是那裡，我怎麼到這裡來，怎麼死的，這些事我全不明白。總之，待到我自己知道已經死掉的時候，就已經死在那裡了。

聽到幾聲喜鵲叫，接著是一陣烏老鴉。空氣很清爽，——雖然也帶些土氣息，——大約正當黎明時候罷。我想睜開眼睛來，他卻絲毫也不動，簡直不像是我的眼睛；於是想抬手，也一樣。

恐怖的利鏃忽然穿透我的心了。在我生存時，曾經玩笑地設想：假使一個人的死亡，只是運動神經的廢滅，而知覺還在，那就比全死了更可怕。誰知道我的預想竟的中了，我自己就在證實這預想。

聽到腳步聲，走路的罷。一輛獨輪車從我的頭邊推過，大約是重載的，軋軋地叫得人心煩，還有些牙齒。很覺得滿眼緋紅，一定是太陽上來了。那麼，我的臉是朝東的。但那都沒有什麼關係。切切察察的人聲，看熱鬧的。他們踹起黃土來，飛進我的鼻孔，使我想打噴嚏了，但終於沒有打，僅有想打的心。

陸陸續續地又是腳步聲，都到近旁就停下，還有更多的低語聲：看的人多起來了。我忽然很想聽聽他們的議論。但同時想，我生存時說的什麼批評不值一笑的話，大概是違心之論罷：才死，就露了破綻了。然而還是聽；然而畢竟得不到結論，歸納起來不過是這樣——

「死了？……」

「嗡。——這……」

「哼！……」

「嘖。……唉！……」

我十分高興，因為始終沒有聽到一個熟識的聲音。否則，或者害得他們傷心；或則要使他們快意；或則要使他們加添些飯後閒談的材料，多破費寶貴的工夫；這都會使我很抱歉。現在，誰也看不見，就是誰也不受影響。好了，總算對得起人了！

但是，大約是一個螞蟻，在我的脊梁上爬著，癢癢的。我一點也不能動，已經沒有除去他的能力了；倘在平時，只將身子一扭，就能使他退避。而且，大腿上又爬著一個哩！你們是做什麼的？蟲豸！？

事情可更壞了：嗡的一聲，就有一個青蠅停在我的顴骨上，走了幾步，又一飛，開口便舐我的鼻尖。我懊惱地想：足下，我不是什麼偉人，你無須到我身上來尋做論的材料……。但是不能說出來。他卻從鼻尖跑下，又用冷舌頭來舐我的嘴唇了，不知道可是表示親愛。還有幾個則聚在眉毛上，跨一步，我的毛根就一搖。實在使我煩厭得不堪，——不堪之至。

忽然，一陣風，一片東西從上面蓋下來，他們就一同飛開了，臨走時還說——

「惜哉！……」

我憤怒得幾乎昏厥過去。

木材摔在地上的鈍重的聲音同著地面的震動，使我忽然清醒，前額上感著蘆席的條紋。但那蘆席就被掀去了，又立刻感到了日光的灼熱。還聽得有人說——

「怎麼要死在這裡？……」

這聲音離我很近，他正彎著腰罷。但人應該死在那裡呢？我先前以為人在地上雖沒有任意生存的權利，卻總有任意死掉的權利的。現在才知道並不然，也很難適合人們的公意。可惜我久沒了紙筆；即有也不能寫，而且即使寫了也沒有地方發表了。只好就這樣地拋開。

有人來抬我，也不知道是誰。聽到刀鞘聲，還有巡警在這裡罷，在我所不應該「死在這裡」的這裡。我被翻了幾個轉身，便覺得向上一舉，又往下一沉；又聽得蓋了蓋，釘著釘。但是，奇怪，只釘了兩個。難道這裡的棺材釘，是只釘兩個的麼？

我想：這回是六面碰壁，外加釘子。真是完全失敗，嗚呼哀哉了！……

「氣悶！……」我又想。

然而我其實卻比先前已經寧靜得多，雖然知不清埋了沒有。在手背上觸到草席的條紋，覺得這屍衾倒也不惡。只不知道是誰給我化錢的，可惜！但是，可惡，收斂的小子們！我背後的小衫的一角皺起來了，他們並不給我拉平，現在抵得我很難受。你們以為死人無知，做事就這樣地草率麼？哈哈！

我的身體似乎比活的時候要重得多，所以壓著衣皺便格外的不舒服。但我想，不久就可以習慣的；或者就要腐爛，不至於再有什麼大痲煩。此刻還不如靜靜地靜著想。

「您好？您死了麼？」

是一個頗為耳熟的聲音。睜眼看時，卻是勃古齋舊書鋪的跑外的小夥計。不見約有二十多年了，倒還是那一副老樣子。我又看看六面的壁，委實太毛糙，簡直毫沒有加過一點修刮，鋸絨還是毛毿毿的。

「那不礙事，那不要緊。」他說，一面打開暗藍色布的包裹來。「這是明板《公羊傳》，嘉靖黑口本，給您送來了。您留下他罷。這是……。」

「你！」我詫異地看定他的眼睛，說，「你莫非真正糊塗了？你看我這模樣，還要看什麼明板？……」

「那可以看，那不礙事。」

我即刻閉上眼睛，因為對他很煩厭。停了一會，沒有聲息，他大約走了。但是似乎一個螞蟻又在脖子上爬起來，終於爬到臉上，只繞著眼眶轉圈子。

萬不料人的思想，是死掉之後也還會變化的。忽而，有一種力將我的心的平安衝破；同時，許多夢也都做在眼前了。幾個朋友祝我安樂，幾個仇敵祝我滅亡。

我卻總是既不安樂，也不滅亡地不上不下地生活下來，都不能副任何一面的期望。現在又影一般死掉了，連仇敵也不使知道，不肯贈給他們一點惠而不費的歡欣。……

我覺得在快意中要哭出來。這大概是我死後第一次的哭。

然而終於也沒有眼淚流下；只看見眼前仿佛有火花一閃，我於是坐了起來。

一九二五後七月十二日。

這樣的戰士

要有這樣的一種戰士——

已不是蒙昧如非洲土人而背著雪亮的毛瑟槍的；也並不疲憊如中國綠營兵而卻佩著盒子炮。他毫無乞靈於牛皮和廢鐵的甲冑；他只有自己，但拿著蠻人所用的，脫手一擲的投槍。

他走進無物之陣，所遇見的都對他一式點頭。他知道這點頭就是敵人的武器，是殺人不見血的武器，許多戰士都在此滅亡，正如炮彈一般，使猛士無所用其力。

那些頭上有各種旗幟，繡出各樣好名稱：慈善家，學者，文士，長者，青年，雅人，君子……。頭下有各樣外套，繡出各式好花樣：學問，道德，國粹，民意，邏輯，公義，東方文明……。

但他舉起了投槍。

他們都同聲立了誓來講說，他們的心都在胸膛的中央，和別的偏心的人類兩樣。他們都在胸前放著護心鏡，就為自己也深信心在胸膛中央的事作證。

但他舉起了投槍。

他微笑，偏側一擲，卻正中了他們的心窩。

一切都頹然倒地；——然而只有一件外套，其中無物。無物之物已經脫走，得了勝利，因為他這時成了戕害慈善家等類的罪人。

但他舉起了投槍。

他在無物之陣中大踏步走，再見一式的點頭，各種的旗幟，各樣的外套……。

但他舉起了投槍。

他終於在無物之陣中老衰，壽終。他終於不是戰士，但無物之物則是勝者。

在這樣的境地裡，誰也不聞戰叫：太平。

太平……。

但他舉起了投槍！

一九二五年十二月十四日。

聰明人和傻子和奴才

奴才總不過是尋人訴苦。只要這樣，也只能這樣。一日，他遇到一個聰明人。

「先生！」他悲哀地說，眼淚聯成一線，就從眼角上直流下來。「你知道的。我所過的簡直不是人的生活。吃的是一天未必有一餐，這一餐又不過是高粱皮，連豬狗都不要吃的，尚且只有一小碗……」

「這實在令人同情。」聰明人也慘然說。

「可不是麼！」他高興了。「可是做工是晝夜無休息的：清早擔水晚燒飯，上午跑街夜磨面，晴洗衣裳雨張傘，冬燒汽爐夏打扇。半夜要煨銀耳，侍候主人要錢；頭錢從來沒分，有時還挨皮鞭……」

「唉唉……」聰明人嘆息著，眼圈有些發紅，似乎要下淚。

「先生！我這樣是敷衍不下去的。我總得另外想法子。可是什麼法子呢？……」

「我想，你總會好起來……」

「是麼？但願如此。可是我對先生訴了冤苦，又得你的同情和慰安，已經舒坦得不少了。可見天理沒有滅絕……」

但是，不幾日，他又不平起來了，仍然尋人去訴苦。

「先生！」他流著眼淚說，「你知道的。我住的簡直比豬窠還不如。主人並不將我當人；他對他的叭兒狗還要好到幾萬倍……」

「混帳！」那人大叫起來，使他吃驚了。那人是一個傻子。

「先生，我住的只是一間破小屋，又濕，又陰，滿是臭蟲，睡下去就咬得真可以。穢氣沖著鼻子，四面又沒有一個窗……」

「你不會要你的主人開一個窗的麼？」

「這怎麼行？……」

「那麼，你帶我去看去！」

傻子跟奴才到他屋外，動手就砸那泥牆。

「先生！你幹什麼？」他大驚地說。

「我給你打開一個窗洞來。」

「這不行！主人要罵的！」

「管他呢！」他仍然砸。

「人來呀！強盜在毀咱們的屋子了！快來呀！遲一點可要打出窟窿來了！……」他哭嚷著，在地上團團地打滾。

一群奴才都出來了，將傻子趕走。

聽到了喊聲，慢慢地最後出來的是主人。

「有強盜要來毀咱們的屋子，我首先叫喊起來，大家一同把他趕走了。」他恭敬而得勝地說。

「你不錯。」主人這樣誇獎他。

這一天就來了許多慰問的人，聰明人也在內。

「先生。這回因為我有功，主人誇獎了我了。你先前說我總會好起來，實在是有先見之明……。」他大有希望似的高興地說。

「可不是麼……。」聰明人也代為高興似的回答他。

一九二五年十二月二十六日。

臘葉

燈下看《雁門集》，忽然翻出一片壓乾的楓葉來。

這使我記起去年的深秋。繁霜夜降，木葉多半凋零，庭前的一株小小的楓樹也變成紅色了。

我曾繞樹徘徊，細看葉片的顏色，當他青蔥的時候是從沒有這麼注意的。他也並非全樹通紅，最多的是淺絳，有幾片則在緋紅地上，還帶著幾團濃綠。一片獨有一點蛀孔，鑲著烏黑的花邊，在紅，黃和綠的斑駁中，明眸似的向人凝視。我自念：這是病葉呵！便將他摘了下來，夾在剛才買到的《雁門集》裡。大概是願使這將墜的被蝕而斑斕的顏色，暫得保存，不即與群葉一同飄散罷。

但今夜他卻黃蠟似的躺在我的眼前，那眸子也不復似去年一般灼灼。假使再過幾年，舊時的顏色在我記憶中消去，怕連我也不知道他何以夾在書裡面的原因了。將墜的病葉的斑斕，似乎也只能在極短時中相對，更何況是蔥郁的呢。看看窗外，很能耐寒的樹木也早經禿盡了；楓樹更何消說得。

當深秋時，想來也許有和這去年的模樣相似的病葉的罷，但可惜我今年竟沒有賞玩秋樹的餘閒。

一九二五年十二月二十六日。

淡淡的血痕中

——紀念幾個死者和生者和未生者

目前的造物主，還是一個怯弱者。

他暗暗地使天變地異，卻不敢毀滅一個這地球；暗暗地使生物衰亡，卻不敢長存一切屍體；暗暗地使人類流血，卻不敢使血色永遠鮮穠；暗暗地使人類受苦，卻不敢使人類永遠記得。

他專為他的同類——人類中的怯弱者——設想，用廢墟荒墳來襯托華屋，用時光來沖淡苦痛和血痕；日日斟出一杯微甘的苦酒，不太少，不太多，以能微醉為度，遞給人間，使飲者可以哭，可以歌，也如醒，也如醉，若有知，若無知，也欲死，也欲生。他必須使一切也欲生；他還沒有滅盡人類的勇氣。

幾片廢墟和幾個荒墳散在地上，映以淡淡的血痕，人們都在其間咀嚼著人我的渺茫的悲苦。但是不肯吐棄，以為究竟勝於空虛，各各自稱為「天之僇民」，以作咀嚼著人我的渺茫的悲苦的辯解，而且悚息著靜待新的悲苦的到來。新的，這就使他們恐懼，而又渴欲相遇。

這都是造物主的良民。他就需要這樣。

叛逆的猛士出於人間；他屹立著，洞見一切已改和現有的廢墟和荒墳，記得一切深廣和久遠的苦痛，正視一切重疊淤積的凝血，深知一切已死，方生，將生和未生。他看透了造化的把戲；他將要起來使人類蘇生，或者使人類滅盡，這些造物主的良民們。

造物主，怯弱者，羞慚了，於是伏藏。天地在猛士的眼中於是變色。

一九二六年四月八日。

一覺

飛機負了擲下炸彈的使命，像學校的上課似的，每日上午在北京城上飛行。每聽得機件搏擊空氣的聲音，我常覺到一種輕微的緊張，宛然目睹了「死」的襲來，但同時也深切地感著「生」的存在。

隱約聽到一二爆發聲以後，飛機嗡嗡地叫著，冉冉地飛去了。也許有人死傷了罷，然而天下卻似乎更顯得太平。窗外的白楊的嫩葉，在日光下發烏金光；榆葉梅也比昨日開得更爛漫。收拾了散亂滿床的日報，拂去昨夜聚在書桌上的蒼白的微塵，我的四方的小書齋，今日也依然是所謂「窗明几淨」。

因為或一種原因，我開手編校那歷來積壓在我這裡的青年作者的文稿了；我要全都給一個清理。我照作品的年月看下去，這些不肯塗脂抹粉的青年們的魂靈便依次屹立在我眼前。他們是綽約的，是純真的，——阿，然而他們苦惱了，呻吟了，憤怒，而且終於粗暴了，我的可愛的青年們！

魂靈被風沙打擊得粗暴，因為這是人的魂靈，我愛這樣的魂靈；我願意在無形無色的鮮血淋漓的粗暴上接吻。漂渺的名園中，奇花盛開著，紅顏的靜女正在超然無事地逍遙，鶴唳一聲，白雲鬱然而起……。這自然使人神往的罷，然而我總記得我活在人間。

我忽然記起一件事：兩三年前，我在北京大學的教員預備室裡，看見進來了一個並不熟識的青年，默默地給我一包書，便出去了，打開看時，是一本《淺草》。就在這默默中，使我懂得了許多話。阿，這贈品是多麼豐饒呵！可惜那《淺草》不再出版了，似乎只成了《沉鐘》的前身。那《沉鐘》就在這風沙澒洞中，深深地在人海的底裡寂寞地鳴動。

野薊經了幾乎致命的摧折，還要開一朵小花，我記得托爾斯泰曾受了很大的感動，因此寫出一篇小說來。但是，草木在旱乾的沙漠中間，拼命伸長他的根，吸取深地中的水泉，來造成碧綠的林莽，自然是為了自己的「生」的，然而使疲勞枯渴的旅人，一見就怡然覺得遇到了暫時息肩之所，這是如何的可以感激，而且可以悲哀的事！?

《沉鐘》的〈無題〉——代啟事——說：「有人說：我們的社會是一片沙漠。——如果當真是一片沙漠，這雖然荒漠一點也還靜肅；雖然寂寞一點也還會使你感覺蒼茫。何至於像這樣的混沌，這樣的陰沉，而且這樣的離奇變幻！」

是的，青年的魂靈屹立在我眼前，他們已經粗暴了，或者將要粗暴了，然而我愛這些流血和隱痛的魂靈，因為他使我覺得是在人間，是在人間活著。

在編校中夕陽居然西下，燈火給我接續的光。各樣的青春在眼前一一馳去了，身外但有昏黃環繞。我疲勞著，捏著紙煙，在無名的思想中靜靜地合了眼睛，看見很長的夢。忽而驚覺，身外也還是環繞著昏黃；煙篆在不動的空氣中上升，如幾片小小夏雲，徐徐幻出難以指名的形象。

一九二六年四月十日。

小雜感

蜜蜂的刺，一用即喪失了它自己的生命；犬儒的刺，一用則苟延了他自己的生命。

他們就是如此不同。

約翰穆勒說：專制使人們變成冷嘲。

而他竟不知道共和使人們變成沉默。

要上戰場，莫如做軍醫；要革命，莫如走後方；要殺人，莫如做劊子手。既英雄，又穩當。

與名流學者談，對於他之所講，當裝作偶有不懂之處。太不懂被看輕，太懂了被厭惡。偶有不懂之處，彼此最為合宜。

世間大抵只知道指揮刀所以指揮武士，而不想到也可以指揮文人。

又是演講錄，又是演講錄。

但可惜都沒有講明他何以和先前大兩樣了；也沒有講明他演講時，自己是否真相信自己的話。

闊的聰明人種種譬如昨日死

不闊的傻子種種實在昨日死。

曾經闊氣的要復古，正在闊氣的要保持現狀，未曾闊氣的要革新。

大抵如是。大抵！

他們之所謂復古，是回到他們所記得的若干年前，並非虞夏商周。

女人的天性中有母性，有女兒性；無妻性。妻性是逼成的，只是母性和女兒性的混合。

防被欺。自稱盜賊的無須防，得其反倒是好人；自稱正人君子的必須防，得其反則是盜賊。

樓下一個男人病得要死，那間壁的一家唱著留聲機；對面是弄孩子。樓上有兩人狂笑；還有打牌聲。河中的船上有女人哭著她死去的母親。人類的悲歡並不相通，我只覺得他們吵鬧。

每一個破衣服人走過，叭兒狗就叫起來，其實並非都是狗主人的意旨或使嗾。叭兒狗往往比它的主人更嚴厲。

恐怕有一天總要不准穿破布衫，否則便是共產黨。

革命，反革命，不革命。

革命的被殺於反革命的。反革命的被殺於革命的。不革命的或當作革命的而被殺於反革命的，或當作反革命的而被殺於革命的，或並不當作什麼而被殺於革命的或反革命的。

革命，革革命，革革革命，革革……。

人感到寂寞時，會創作；一感到乾淨時，即無創作，他已經一無所愛。

創作總根於愛。

楊朱無書。

創作雖說抒寫自己的心，但總願意有人看。

創作是有社會性的。

但有時只要有一個人看便滿足：好友，愛人。

人往往憎和尚，憎尼姑，憎回教徒，憎耶教徒，而不憎道士。

懂得此理者，懂得中國大半。

要自殺的人，也會怕大海的汪洋，怕夏天死屍的易爛。但遇到澄靜的清池，涼爽的秋夜，他往往也自殺了。

凡為當局所「誅」者皆有「罪」。

劉邦除秦苛暴，「與父老約，法三章耳。」而後來仍有族誅，仍禁挾書，還是秦法。法三章者，話一句耳。

一見短袖子，立刻想到白臂膊，立刻想到全裸體，立刻想到生殖器，立刻想到性交，立刻想到雜交，立刻想到私生子。中國人的想像惟在這一層能夠如此躍進。

九月二十四日。

臺灣版後記

為重寫中國兒童文學史做準備

眉睫（簡體版書系策畫）

二〇一〇年，欣聞俞曉群先生執掌海豚出版社。時先生力邀知交好友陳子善先生參編海豚書館系列，而我又是陳先生之門外弟子，於是陳先生將我點校整理的梅光迪講義《文學概論》（後改名《文學演講集》）納入其中，得以出版。有了這個因緣，我冒昧向俞社長提出入職工作的請求。俞社長看重我對現代文學、兒童文學研究的能力，將我招入京城，並請我負責《豐子愷全集》和中國兒童文學經典懷舊系列的出版工作。

俞曉群先生有著濃厚的人文情懷，對時下中國童書缺少版本意識，且缺少人文氣質頗不以為然。我對此表示贊成，並在他的理念基礎上深入突出兩點：一是以兒童文學作品為主，尤其是以民國老版本為底本，二是深入挖掘現有中國兒童文學史沒有提及或提到不多，但比較重要的兒童文學作品。所以這套「大家小書」，頗有一些「中國現代兒童文學史參考資料叢書」的味道。此前上海書店出版社曾以影印版的形式推出「中國現代文學史參考資料叢書」，影響巨大，為推動中國現代文學研究做了突出貢獻。兒童文學界也需要這麼一套作品集，但考慮到兒童讀物的特殊性，影印的話讀者太少，只能改為簡體橫排了。但這套書從一開始的策劃，就有為重寫中國兒童文學史做準備的想法在裡面。

為了讓這套書體現出權威性，我讓我的導師、中國第一位格林獎獲得者蔣風先生擔任主編。蔣先生對我們的做法表示相當地贊成，十分願意擔任主編，但他畢竟年事已高，不可能參與具體的工作，只能以書信的方式給我提了一些想法，我們採納了他的一些建議。書目的選擇，版本的擇定主要是由我來完成的。總序也由我草擬初稿，蔣先生稍作改動，然後就「經典懷舊」的當下意義做了闡發。可以說，我與蔣老師合寫的「總序」是這套書的綱領。

什麼是經典？「總序」說：「環顧當下圖書出版市場，能夠隨處找到這些經典名著各式各樣的新版本。遺憾的是，我們很難從中感受到當初那種閱讀經典作品時的新奇感、愉悅感、崇敬感。因為市面上的新版本，大都是美繪本、青少版、刪節版，甚至是粗糙的改寫本或編寫本。不少編輯和編者輕率地刪改了原作的字詞、標點，配上了與經典名著不甚協調的插圖。我想，真正的經典版本，從內容到形式都應該是精緻的、典雅的，書中每個角落透露出來的氣息，都要與作品內在的美感、精神、品質相一致。於是，我繼續往前回想，記憶起那些經典名著的初版本，或者其他的老版本——我的心不禁微微一震，那裡才有我需要的閱讀感覺。」在這段文字裡，蔣先生主張給少兒閱讀的童書應該是真正的經典，這是我們出版本套書系所力圖達到的。第一輯中的《稻草人》依據的是民國初版本、許敦谷插圖本的原著，這也是一九四九年以來第一次出版原版的《稻草人》。至於解放後小讀者們讀到的《稻草人》都是經過了刪改的，作品風致差異已經十分大。俞平伯的《憶》也是從文津街國家圖書館古籍館中找出一九二五年版的原著來進行重印的。我們所做的就是為了原汁原味地展現民國經典的風格、味道。

什麼是「懷舊」？蔣先生說：「懷舊，不是心靈無助的漂泊；懷舊也不是心理病態的表徵。懷舊，能夠使我們憧憬理想的價值；懷舊，可以讓我們明白追求的意義；懷舊，也促使我們理解生命的真諦。它既可讓人獲得心靈的慰藉，也能從中獲得精神力量。」一些具有懷舊價值、經典意義的著作於是浮出水面，比如孤島時期最富盛名的兒童文學大家蘇蘇（鍾望陽）的《新木偶奇遇記》；大後方為少兒出版做出極大貢獻的司馬文森的《菲菲島夢遊記》，都已經列入了書系第二批順利問世。第三批中的《小哥兒倆》（淩叔華）《橋（手稿本）》（廢名）《哈巴國》（范泉）《小朋友文藝》（謝六逸）等都是民國時期膾炙人口的大家作品，所使用的插圖也是原著插圖，是黃永玉、陳煙橋、刃鋒等著名畫家作品。

中國作家協會副主席高洪波先生也支持本書系的出版，關露的《蘋果園》就是他推薦的，後來又因丁景唐之女丁言昭的幫助而解決了版權。這些民國的老經典，因為歷史的原因淡出了讀者的視野，成為當下讀者不曾讀過的經典。然而，它們的藝術品質是高雅的，將長久地引起世人的「懷舊」。

經典懷舊的意義在哪裡？蔣先生說：「懷舊不僅是一種文化積澱，它更為我們提供了一種經過時間發酵釀造而成的文化營養。它對於認識、評價當前兒童文學創作、出版、研究提供了一份有價值的參照系統，體現了我們對它們的批判性的繼承和發揚，同時還為繁榮我國兒童文學事業提供了一個座標、方向，從而順利找到超越以往的新路。」在這裡，他指明了「經典懷舊」的當下意義。事實上，我們的本土少兒出版是日益遠離民國時期宣導的兒童本位了。相反地，上世紀二三十年代的一些精美的童書，為我們提供了一個座標。後來因為歷史的、政治的、學術的原因，我們背離了這個民國童書的傳統。因此我們正在努力，力爭推出真正的「經典懷舊」，打造出屬於我們這個時代的真正的經典！

但經典懷舊也有一些缺憾，這種缺憾一方面是識見的限制，一方面是因為審稿意見不一致。起初我們的一位做三審的領導，缺少文獻意識，按照時下的編校規範對一些字詞做了改動，違反了「總序」的綱領和出版的初衷。經過一段時間磨合以後，這套書才得以回到原有的設想道路上來。

欣聞臺灣將引入這套叢書，我想這對於臺灣人民了解大陸的兒童文學是有幫助的。林文寶先生作為臺灣版的序言作者，推薦我撰寫後記，我謹就我所知，記述於上。希望臺灣的兒童文學研究者能夠指出本書的不足，研究它們的可取之處，為重寫兩岸的中國兒童文學史做出有益的貢獻。

二〇一七年十月於北京

眉睫，原名梅杰，曾任海豚出版社策劃總監，現任長江少年兒童出版社首席編輯。主持的國家出版工程有《中國兒童文學走向世界精品書系》（中英韓文版）、《豐子愷全集》《民國兒童文學教育資料及研究》，主編《林海音兒童文學全集》《冰心兒童文學全集》《豐子愷兒童文學全集》《老舍兒童文學全集》等數百種兒童讀物。二〇一四年度榮獲「中國好編輯」稱號。著有《朗山筆記》《關於廢名》《現代文學史料探微》《文學史上的失蹤者》，編有《許君遠文存》《梅光迪文存》《綺情樓雜記》等等。

民國時期經典童書 A0801010

朝花夕拾

作　　者 魯　迅
版權策劃 李　鋒
特約編輯 沛　貝

發 行 人 林慶彰
總 經 理 梁錦興
總 編 輯 張晏瑞
編 輯 所 萬卷樓圖書(股)公司
臺北市羅斯福路二段 41 號 6 樓之 3
電話 (02)23216565
傳真 (02)23218698

出　　版 昌明文化有限公司
桃園市龜山區中原街32 號
電　　話 (02)23216565
發　　行 萬卷樓圖書(股)公司
臺北市羅斯福路二段 41 號 6 樓之 3
電話 (02)23216565
傳真 (02)23218698
電郵 SERVICE@WANJUAN.COM.TW
香港經銷
香港聯合書刊物流有限公司
電話 (852)21502100
傳真 (852)23560735

ISBN 978-986-496-068-2
2017 年 12 月初版一刷
定價：新臺幣 320 元

如何購買本書：
1. 劃撥購書，請透過以下帳號
帳號：15624015
戶名：萬卷樓圖書股份有限公司
2. 轉帳購書，請透過以下帳戶
合作金庫銀行 古亭分行
戶名：萬卷樓圖書股份有限公司
帳號：0877717092596
3. 網路購書，請透過萬卷樓網站
網址 WWW.WANJUAN.COM.TW
大量購書，請直接聯繫，將有專人為您服務。(02)23216565 分機 610
如有缺頁、破損或裝訂錯誤，請寄回更換

國家圖書館出版品預行編目資料

朝花夕拾 / 魯迅著. -- 初版. -- 桃園市：昌明文化出版；臺北市：萬卷樓發行,
2017.12
面；　公分. --(民國時期經典童書)
ISBN 978-986-496-068-2(平裝)
859.08　　106021762